Deseo

UN TRATO MUY VENTAJOSO

SARA ORWIG

Editado por HARLEQUIN IBÉRICA, S.A.
Núñez de Balboa, 56
28001 Madrid

I.S.B.N.: 978-84-687-5650-9
Depósito legal: M-30716-2014
Editor responsable: Luis Pugni
Impresión en CPI (Barcelona)
Fecha impresion para Argentina: 20.7.15
Distribuidor exclusivo para España: LOGISTA
Distribuidor para México: CODIPLYRSA
Distribuidores para Argentina: Interior, DGP, S.A. Alvarado 2118.
Cap. Fed./Buenos Aires y Gran Buenos Aires, VACCARO HNOS.

Capítulo Uno

Marek Rangel miró su reloj y apartó los papeles que tenía delante. Era dos de abril y lucía un espléndido sol primaveral. Faltaban dos minutos para la cita con la cantante de ópera, y no se imaginaba por qué Camille Avanole quería verlo ni cómo había conseguido su número privado. Él jamás asistía a la ópera ni esta se contaba en las obras benéficas de su familia. Su primera reacción había sido negarse a verla, pero por cortesía accedió a mantener un breve encuentro con ella.

Paseó la mirada por su despacho, situado en la planta veintidós del edificio de Rangel Energy, Inc. Su secretaria tenía orden de interrumpirlos si la señorita Avanole excedía los treinta minutos concertados.

Unos golpes en la puerta lo hicieron ponerse en pie.

–Camille Avanole está aquí –lo informó su secretaria, asomando la cabeza.

–Hazla pasar –ordenó él, apartándose de su enorme mesa de caoba.

Una mujer de pelo negro y aspecto vivaz se acercó a él con la mano extendida. Su sonrisa revelaba unos dientes blancos y perfectos, y un destello de inteligencia brillaba en sus grandes ojos azules. Lucía un sencillo vestido negro y un pañuelo negro alrededor del cuello, y su seductora presencia hacía pensar que se disponía a compartir una grata sorpresa. Marek sintió un súbito interés por ella.

–Señor Rangel, soy Camille Avanole.

Su mano era cálida y suave, pero el apretón era firme. Al tocarla, Marek sintió una descarga eléctrica, algo que no había sentido con ninguna mujer desde que perdió a su novia. Se dio cuenta de que la estaba mirando y le soltó la mano.

–Siéntese, por favor.

Ella cruzó la habitación y él se fijó en su modo de caminar y su estrecha cintura. Su deslumbrante belleza debía de ser una gran ventaja en su carrera.

–Llámeme Marek –le dijo, convencido de que la cita sería breve y que no volvería a verla nunca más.

Cada uno ocupó uno de los sillones antiguos de terciopelo frente a la mesa. Ella cruzó las piernas, largas y torneadas.

–¿Está en Dallas por una actuación o vive aquí? –le preguntó cortésmente. Tenía los ojos más grandes y fascinantes que había visto en su vida.

–He vuelto a Dallas para una actuación que tendré dentro de poco.

Marek tuvo la sensación de ser examinado como un insecto al microscopio.

–¿Y cuál es ese misterioso asunto que quería tratar conmigo y del que no podía hablar por teléfono?

Ella dejó de sonreír y se enderezó en el asiento. Marek estaba cada vez más deslumbrado por su belleza. No se la imaginaba interpretando más papel que el principal. Su presencia irradiaba una energía formidable.

–Hace un año perdiste a tu hermano y a tu novia. Lo siento mucho.

–Gracias –respondió él secamente, preguntándose por qué sacaba aquel tema.

–Yo conocía a su hermano –continuó ella.

–¿Ah, sí?

–Nos conocimos en una fiesta de Año Nuevo. Era un hombre encantador.

–Sí, Kern tenía mucho carisma y sentido del humor –por un momento pensó si aquella mujer y Kern se habrían casado en secreto, pero enseguida desechó la idea. Kern se lo habría dicho–. Pero vayamos al grano. ¿Qué tiene que ver mi hermano con esta cita?

–Voy a darte una noticia que te hará caer de espaldas, y estoy intentando suavizarlo en vez de soltarlo de golpe.

–Estoy listo para cualquier cosa –declaró, sin poder imaginarse lo que tenía que decirle.

Ella le tendió una foto y Marek vio un bebé sonriente de grandes ojos oscuros. Sintió un puñetazo en el estómago. La foto era semejante a las que había visto en casa de sus padres. El niño tenía los ojos marrones de su hermano, el pelo negro, el mismo color de piel.

–¿Quién es?

–Es mi hijo. Tu hermano era su padre.

Marek ya se había imaginado la respuesta, pero oírla fue como recibir un puñetazo en el estómago.

–Veo algún parecido, pero Kern me lo habría

dicho. Lo siento, me resulta muy difícil de creer. Puede que no sea más que una coincidencia. ¿Qué edad tiene el niño?

–Seis meses. Noah nació el cuatro de octubre del año pasado.

–Seis meses –repitió Marek sin salir de su asombro. Un escalofrío le recorrió la espalda al preguntarse si no sería una estratagema para conseguir dinero–. Kern nunca me dijo que te conociera. Y me lo habría contado.

–Nos conocimos hace un año, en la fiesta de Año Nuevo –le dijo ella con su voz de soprano–. Me sedujo desde el primer momento y no dudé en irme con él, ya que teníamos amigos en común. Fue una excepción en mi metódica y organizada vida… dos noches de pasión como nunca había tenido y que no he vuelto a tener desde entonces. Usamos protección, pero aun así me quedé embarazada. Hasta ahora he conseguido mantener a mi hijo lejos de los medios. No ha sido difícil, ya que una cantante de ópera no es lo mismo que una estrella de cine. En mi caso, además, apenas he empezado a adquirir fama y éxito.

–Me cuesta creer que este niño sea de Kern.

–Lo es. Puedes hacer una prueba de paternidad, si quieres.

Marek no podía dejar de mirar la foto.

–¿Cómo se llama?

–Noah Avanole.

–¿Y cómo es que Kern no me dijo nada?

–Iba a decírtelo, pero seguramente no tuvo la ocasión.

–Entiendo –incapaz de permanecer sentado, se levantó y caminó hasta la ventana mientras las preguntas se agolpaban en su cabeza–. Kern tuvo un hijo. ¿Desde cuándo lo supo?

–Le dije que estaba embarazada la noche antes de que se fuera, el día antes de que se estrellara el avión.

Marek respiró profundamente. Un año antes, en marzo, su hermano había ido en avión a Kansas City para una venta de caballos. Marek pensaba ir a Denver a recoger a su novia, quien estaba allí por una boda, pero Kern se ofreció a recogerla él después de marcharse de Kansas City. En el vuelo de regreso los sorprendió una tormenta y el avión se estrelló, muriendo ambos en el accidente. Mirando la foto del bebé, se preguntó hasta qué punto su hermano habría estado distraído pensando en el embarazo de Camille mientras pilotaba el avión.

Se volvió hacia ella, quien seguía sentada en silencio.

–Gracias por contármelo… Me pensaré lo de la prueba de paternidad. Y ahora, ¿podrías decirme qué esperas de mí?

–Lo he pensado mucho. Puedo mantener a Noah yo sola, pero quiero que conozca a los Rangel. Kern era un vaquero nato y me gustaría que Noah apreciara la vida ranchera para entender mejor a su padre. Debería conocer a su familia paterna.

Marek no se esperaba que le dijera algo así. Lo normal sería que Camille pretendiera sacarle dinero, y pensó si aquello sería una treta para hacerle bajar la guardia.

–Tendré que pensarlo y hablarlo con mi abogado. Ella sonrió.

–Espero que no necesites a un abogado. Pensé que debías saberlo, y no era algo que pudiera contarte por teléfono o por correo electrónico. Ciertamente es muy duro hacerlo en persona, pero lo hecho hecho está.

–Hace más de un año del accidente. ¿Por qué has esperado hasta ahora para decírmelo?

–Estaba ocupada con Noah y no sabía qué hacer. Además estaba fuera de Dallas y quería contártelo en persona, pues sabía que tarde o temprano volvería a la ciudad. Esto me ha dado tiempo para pensarlo a fondo, y creo que podrías ser de gran ayuda si hicieras de padre para tu sobrino.

Marek volvió a respirar hondo. Era una responsabilidad enorme, pero si aquel niño era realmente el hijo de Kern, Marek quería conocerlo y verlo crecer. Volvió a mirar la foto. ¿Por qué su hermano no le había dicho nada?

–Kern no llegó a conocer a su hijo, y seguro que contigo estará bien –dijo secamente–. Lo mejor será que me mantenga al margen.

–Hagas lo que hagas será elección tuya. Por supuesto que me ocuparé de él lo mejor que pueda. Si alguna vez quieres verlo solo tienes que decírmelo.

–Me alegra oír eso. ¿Tus padres viven?

–Sí. Viven en Saint Louis –sonrió–. Tu hermano me dijo lo diferentes que erais. Supongo que me esperaba una reacción como la que habría tenido Kern, pero tú no eres Kern –sacó un papel del bolso y se lo tendió a Marek–. Es una copia del correo electrónico que me envió tu hermano. Lo he conservado para Noah.

Por primera vez Marek empezaba a creerla. No quería leer aquel mensaje, pues tenía el presentimiento de que su vida estaba a punto de dar un giro inesperado.

Camille, en cuanto vuelva de Denver saldremos juntos a cenar. Quiero estar contigo cuando nazca Noah. Me parece un nombre perfecto, y no me puedo creer que vaya a ser padre. Que estoy superemocionado sería decir poco. Quiero formar parte de su vida y ya lo adoro. Quiero estar contigo. Te agradezco infinitamente que me lo hayas contado. Te llamaré mañana por la noche. Ninguno de los dos planeó algo así, pero los milagros ocurren… Y es algo maravilloso.

Kern

Marek sintió que le flaqueaban las rodillas. Miró a Camille, quien le sostuvo la mirada sin pestañear. Por fin estaba seguro de que había dado a luz al hijo de Kern. Había otro Rangel en el mundo.

Sintió una opresión en el pecho, como si una garra gigante le atenazara el corazón. Echaba terriblemente de menos a Kern, y aquella revelación le hacía revivir el horrible dolor por la pérdida de su hermano… y por la de Jillian. Cada vez que pensaba en ella se le formaba un odioso nudo en la garganta. Se esforzó para controlar las emociones antes de levantar la mirada y le devolvió la nota a Camille.

–Reconozco las palabras de mi hermano. «Superemocionado» era una de sus expresiones favoritas.

Gracias por enseñarme el mensaje.

–Quédatelo si quieres. Es una copia.

–Gracias –dejó el papel en la mesa–. Se lo enseñaré a mi hermana. Me gustaría hacer la prueba de paternidad para zanjar cualquier duda que pueda surgir, aunque para mí está claro. Es el hijo de Kern.

Ella asintió con una sonrisa.

–Podemos hacer esa prueba. Esperaba que la pidieras.

–Ha sido una conmoción, como si me hubieras dicho que era hijo mío. Mi hermano y yo estábamos muy unidos. Supongo que no has hablado con mi hermana, ya que me lo habría dicho.

–No, no lo he hecho porque en el poco tiempo que pasamos juntos tu hermano solo hablaba de ti.

–Ella es siete años mayor que yo y no estaba tan unida a Kern, pero aun así querrá saber lo de Noah.

–Si tu hermana y tú decidís que queréis verlo, podemos organizarlo.

Marek asintió. Se sentía como si se hubiera quedado sin aire. Tenía que pensar en el pequeño Noah y tomar las decisiones pertinentes.

–No vivirás en Dallas, ¿verdad?

–Solo he estado en Texas tres veces. Me marcharé a finales de junio. Voy a cantar en Nuevo México en agosto, así que me quedaré allí.

–Y te llevarás al niño contigo.

–Sí, claro, pero espero que pueda conoceros a ti y a tu familia. Estoy segura de que serías una buena figura paternal para él, igual que lo habría sido Kern.

–Podrías haber seguido con tu vida sin decirme nada, y yo nunca me habría enterado –observó Marek, mirándola fijamente a los ojos–. Ahora tendrás que compartir a Noah.

Ella le sostuvo la mirada.

–No podía mantenerlo en secreto, aunque habría sido lo más fácil. Quiero a Noah y deseo lo mejor para él. Llegará el día en que quiera conocer a su padre, y como eso no será posible querrá al menos conocer a su familia paterna. Creo sinceramente que serás una buena influencia, y conocer la vida en un rancho lo ayudará a tener presente la figura de su padre.

–Estoy de acuerdo, y me alegro de que hayas tomado esa decisión –dijo Marek con dureza, intentando controlar la respuesta emocional a la declaración de Camille–. ¿Estarás en la ciudad por si quiero ponerme en contacto contigo?

–Sí. En junio actúo aquí, y en julio iré a Santa Fe para preparar la actuación de agosto. Después volveré a Saint Louis para estar con mi familia. Tengo un profesor de canto aquí en Dallas que me gusta mucho, por lo que vendré a Texas con bastante frecuencia.

–Tienes una agenda muy apretada. Gracias por haberme llamado. No tenías ninguna obligación de hacerlo.

–Cuando descubrí que estaba embarazada me

sentí muy mal. Temía que fuese el final de mi carrera y no sabía qué hacer. Ni siquiera estaba segura de contárselo a Kern, con quien solo había pasado un fin de semana. Pero cuanto más lo pensaba más quería que Kern y los Rangel formaran parte de la vida de mi hijo.

Se dirigió hacia la puerta, acompañada por Marek, y se detuvo antes de salir. Una vez más Marek se quedó brevemente pasmado por sus increíbles ojos azules. Era una mujer muy hermosa, y entendía que su hermano hubiera perdido la cabeza con ella.

—Hablaré con mi hermana y también se lo haré saber a mis padres. Gracias por contármelo.

—Siento mucho que hayas perdido a tu hermano y a tu novia.

—Gracias —respondió él rígidamente—. Me pondré en contacto contigo en cuanto haya hablado con mi hermana.

Ella asintió.

—Me alegra haberte conocido y que sepas lo de Noah. Estoy segura de que él también sabrá de ti.

Marek la vio alejarse y volvió a su despacho con la cabeza dándole vueltas. ¿Hasta qué punto Kern había estado distraído mientras pilotaba el avión, pensando en que iba a ser padre?

Otro niño en la familia. El hijo de Kern. Sus dos sobrinas pequeñas se pondrían locas de contentas.

Anuló todos sus compromisos y llamó a su piloto para que lo llevara al rancho. Quería hablar con una persona con la que se había sentido siempre especialmente unido.

***

Dos horas después estaba ante el granero mientras el capataz reparaba una casilla. Jess Grayson se había echado hacia atrás su desgastado sombrero marrón de ala ancha y se había arremangado la camisa hasta los codos.

–Puedes pedir una prueba de paternidad aunque Kern ya no esté –dijo mientras clavaba un clavo en la madera que sostenía Marek.

–Lo sé y lo haré, pero no es necesario. El mensaje era de Kern. Era su forma de expresarse, y el niño se parece a él. Tan solo he pedido la prueba para estar seguro.

–Bien. ¿Y qué vas a hacer? ¿Se lo has dicho a Ginny?

–Aún no. Antes quería hablar contigo.

–Ginny es de la familia, yo no –observó Jess.

–Para mí es como si lo fueras. Tu opinión cuenta. Estaba a punto de olvidarme de todo cuando Camille me mostró el mensaje de Kern. Quiero que lo leas cuando acabes con esto.

Acabaron de clavar el madero y Marek le entregó el mensaje. Jess lo leyó y miró a Marek.

–Superemocionado –repitió–. Esto lo escribió Kern, sin duda –sacudió la cabeza y le devolvió el papel a Marek–. Una estrella de la ópera…

–Una promesa en ciernes. No sé si se ha convertido ya en una estrella. La verdad es que no sé nada sobre ella, salvo que está diciendo la verdad sobre el niño.

–¿De verdad piensas que no quiere dinero? –preguntó Jess, colocando otra tabla bajo la primera.

–No se comporta como si quisiera conseguir algo. Pero en cualquier caso no importa. Ahora que sé que es el hijo de Kern no puedo darle la espalda. Kern no lo haría con un hijo mío.

–¿Aunque no quisiera a la madre?

–Aun así. Además, ya has leído el mensaje. Me apostaría el rancho a que Kern estaba pensando en casarse con ella.

–Puede que tengas razón. Entonces, ¿quieres a este niño en la familia?

Marek lo pensó detenidamente mientras veía a Jess martillear los clavos.

–Sí. Imagina que es igual que Kern, o que simplemente se parece un poco a él. No soportaría que un niño que lleva sus genes estuviera lejos de su familia. Y ella quiere formemos parte de su vida y que el niño conozca la vida del rancho.

–Veo que ya has tomado una decisión. Díselo a Ginny.

–Tendré que hacerlo.

–La verdad es que me gustaría ver al pequeño con mis propios ojos.

–Llamaré a Ginny y luego llamaré a Camille para preguntarle si puedo volver a verla. No creo que ponga problemas, y me dijo que le gustaría que fuera una figura paternal para Noah.

–Eso será difícil si no vive en Dallas.

–Así es. En julio se marchará a Santa Fe, y hasta entonces me gustaría conocer al niño.

–¿Has llamado a tus padres?

–Voy a llamarlos para contárselo. Quiero que el niño conozca a los Rangel. Gracias, Jess.

–Puede que recuperes una parte de Kern –dijo Jess seriamente.

–Me encantaría, Jess, pero no quiero albergar demasiadas esperanzas. Te tendré al corriente.

Mientras llamaba a su hermana, recordó a Camille, su deslumbrante belleza y su exuberante vitalidad. Cualquiera que llevara sus genes y los de Kern sería una persona afortunada.

Mantuvo unos minutos de charla con sus sobrinas antes de que su hermana se pusiera finalmente al teléfono.

–Ginny, tengo que contarte algo que te hará caer de espaldas. ¿Quieres que vaya a Dallas a verte o prefieres que te lo diga por teléfono?

–Dímelo ahora mismo, Marek. ¿Cómo pretendes que espere?

–¿Sabes quién es Camille Avanole?

–Pues… no, no conozco a ninguna Camille.

–¿Ni siquiera te suena el nombre?

–Maldita sea, Marek, ¿quieres contarme de una vez de qué se trata?

–Me llamó y me dijo que quería hablar conmigo –explicó Marek, recordando las chispas que había sentido al estrecharle la mano. No había sentido nada igual con una mujer desde Jillian–. Conocía a Kern. Pasaron juntos un fin de semana hace un año y medio y se quedó embarazada.

–¿Kern tuvo un hijo? –preguntó Ginny con voz ahogada.

–Sí. Se enteró de que estaba embarazada el día antes de salir para Denver.

–Dios mío. ¿Y crees que esa fue la causa de que perdiera el control y se estrellara? ¿Porque estaba distraído pensando en el niño? ¿De verdad es de Kern? Puede que la madre solo esté intentando aprovecharse de…

–Ginny, escúchame –la interrumpió Marek–. Tiene un mensaje que Kern le envió justo antes del vuelo. Me ha entregado una copia y reconozco las palabras de Kern.

–Tengo que sentarme, Marek. No puedo creerlo… Un niño.

–Un niño de seis meses llamado Noah. Mañana cenaré con Camille para hablar del futuro –se dio cuenta de que estaba impaciente por volver a verla. Sería su primera cita desde que perdió a Jillian. Tal vez se estuviera recuperando, o tal vez fuera la cautivadora presencia de Camille lo que estimulaba sus reacciones–. No puedo darle la espalda al bebé. Sé que es el hijo de Kern. Me enseñó una foto y es idéntico a él.

–Tenemos que conocer a ese niño. ¿Su madre nos lo permitirá? ¿Es famosa? Me has preguntado si la conocía.

–Es una cantante de ópera. La he investigado. Solo tiene veinticinco años, pero su currículum es impresionante –igual que su aspecto, pensó.

–¿Una cantante de ópera? ¿Y cómo conoció a Kern?

–En una fiesta de Año Nuevo donde tenían amigos comunes.

–No me extraña que no me sonara el nombre. ¿Qué vas a hacer?

–No lo sé. Estoy barajando las posibles opciones. Te mantendré al corriente.

–Ese niño debe ser parte de la familia. Si de verdad es el hijo de Kern no podemos ignorarlo. ¿La madre vive en Texas?

–No. Se irá en julio y se llevará al niño con él.

–¿Se lo has dicho a Jess?

–Sí, a él también le gustaría ver al niño. Supongo que todos anhelamos recuperar algo de Kern.

–Eso sería maravilloso. Me has dejado anonadada, Marek. Procura tener más tacto cuando se lo digas a nuestros padres.

–Lo tendré. Y después llamaré a Camille a ver qué puedo hacer para que nos deje ver al niño. Te mantendré informada.

La siguiente media hora se la pasó dándoles la noticia a sus padres y oyendo sus últimas novedades. Después llamó a Camille, y en cuestión de minutos, habían concertado una cita para cenar al día siguiente en Houston.

–No vas a salir con él –le advirtió Stephanie Avanole a su hermana.

–Claro que sí. Lo he pensado mucho y hemos hablado de ello. Es pariente de Noah –Camille se secó la frente y la nuca mientras se bajaba de la cinta–. Sé que no piensas igual que yo de esto, pero creo que los Rangel tienen derecho a ver a su sobrino.

–Intentarán quitártelo o decirte lo que tienes que hacer con él. No van a quedarse al margen. Son ricos y poderosos y están acostumbrados a salirse siempre con la suya. Me dijiste que Kern te había contado que su hermano mayor se ocupaba de todo en la familia y que era mucho más serio que Kern.

–Mañana por la noche escucharé todo lo que Marek Rangel tenga que decir. Sufrió una terrible pérdida, Stephanie, y esta noticia es lo último que se esperaba.

–Sigo diciendo que lo lamentarás. No deberías haberles dicho nada de Noah, y mucho menos haber quedado con Marek Rangel mañana. Es un vaquero y un hombre de negocios duro e implacable que no solo perdió a su único hermano, sino también a su novia. No me parece que sea un tipo alegre y desenfadado.

–Tenía que decírselo.

–Te acabarás arrepintiendo –insistió Stephanie con el ceño fruncido–. Marek Rangel querrá formar parte de la vida de Noah.

–Tiene derecho. No creo que suponga ninguna amenaza para mí.

–No podrás convencerme.

–Pues deberías ser un poco más abierta de mente, porque no es ningún ogro –replicó Camille, recordando al hombre alto y atractivo de ojos marrones. Un hombre que parecía estar protegido por una coraza invisible, inescrutable y atormentado. Un hombre que no se parecía en nada a su hermano menor.

Capítulo Dos

El miércoles por la tarde se puso un vestido azul marino con escote en pico y mangas largas. Se recogió el cabello a un lado y lo anudó con un pañuelo azul. Sentía mariposas en el estómago y no sabía por qué, a no ser que estuviera más asustada por las intenciones de Marek de lo que le había dicho a su hermana.

Marek Rangel se presentó ataviado con un traje azul marino, botas y un sombrero blanco Stetson. Su imagen era la de un próspero ranchero texano, poderoso, autoritario y amenazador.

Las advertencias de Stephanie resonaron en su cabeza, pero a pesar de la expresión velada de Marek era tan atractivo que a Camille se le aceleró el pulso. Reprimió el impulso de tocarse el pelo y respiró profundamente para recuperar la compostura.

–Pasa –lo invitó, echándose hacia atrás. Sentía que su vida estaba a punto de cambiar para siempre–. Noah sigue despierto.

Los talones de Marek rechinaron contra el suelo de madera de roble al entrar en el vestíbulo. Por el arco que había a su derecha vio un piano en un rincón del gran salón, junto a un sofá de cuero y una mesa de madera. Respiró hondo y sofocó un nerviosismo nada habitual en él.

–Me gustaría verlo –dijo con una voz que le sonó extrañamente grave.

Ella cerró la puerta y le hizo un gesto con la mano.

–Ven conmigo al cuarto. Mis hermanas están aquí.

A Marek se le aceleró el pulso mientras caminaba junto a ella, invadido por una incómoda sensación de inseguridad.

–Mis sobrinas ya no son pequeñas y he olvidado cómo se trata a un bebé.

Ella se echó a reír y Marek se relajó ligeramente con el delicioso y suave sonido de su risa.

–Antes de que naciera había momentos en los que me dominaba el pánico, pero he descubierto que se aprende muy rápido cuando se tiene un bebé.

Marek le puso una mano en el brazo.

–Lamento que hayas pasado sola por todo esto. Kern habría sido un gran apoyo para ti. Intentaré hacer todo lo posible por reemplazarlo, pero me temo que nunca podré estar a su altura. Era único.

–Sé que lo harás –respondió ella.

Entraron en una habitación pintada de azul con cuadros de animales. Dos mujeres se giraron hacia él. Una era morena y atractiva, de ojos azul verdosos y vestida con un jersey rojo y pantalones del mismo color.

–Ashley, te presento a Marek Rangel, el tío de Noah. Marek, esta es mi hermana Ashley Avanole –se giró hacia la otra mujer, que no se parecía en nada a ella ni a Ashley y cuya fría mirada le dejó claro a Marek lo que pensaba de su implicación en la vida de Noah–. Stephanie, te presento a Marek Rangel. Marek, esta es mi hermana Stephanie.

Marek la saludó mientras intentaba asimilar lo que significaba ser tío y desvió la mirada hacia el bebé, que estaba en el suelo, sobre un cojín con forma de rueda.

Camille lo levantó en brazos y le sonrió.

–Marek, te presento a tu sobrino, Noah Avanole.

Noah se puso a babear y a agitar los brazos y Camille se lo tendió a Marek, quien lo aceptó con mucho cuidado. Lo estrechó en sus brazos y contempló sus grandes ojos marrones, llenos de picardía. Sintió que le temblaban las rodillas. Era como estar mirando los ojos de Kern después de que su hermano le hubiera gastado una broma.

–Es Kern… –murmuró, sin darse cuenta de que hablaba en voz alta. Por un instante tuvo un destello al pensar que aquel niño y las hijas de Ginny serían los niños de su vida. Desde que perdió a Jillian había renunciado a la idea de casarse y formar una familia, pero mientras miraba a Noah sintió que se establecía un vínculo entre ellos.

–Es verdad que hay un parecido –corroboró Camille.

–Es más que un parecido. ¿Siempre está tan contento?

–Siempre –se acercó para mirar a su hijo–. Es un niño maravilloso.

El pequeño Noah se puso a hacer gorgoritos.

–Es tan pequeño... –observó Marek con una sonrisa de oreja a oreja.

–Ha crecido mucho desde que nació –le concedió unos segundos más con el niño–. Si estás listo, podemos irnos.

Marek le devolvió a Noah y se vio envuelto por su embriagador olor a jazmín.

–¿Tú eres la niñera? –le preguntó a Ashley.

–Sí. Tuve que aprender deprisa. Camille contrató a una canguro para el primer mes, y ella me enseñó algunas cosas. Es un buen trabajo.

–Y yo la ayudo con su carrera –intervino Stephanie–. Todas queremos mucho a Noah.

Su tono era cortés, pero sus fríos ojos azules expresaban una abierta hostilidad hacia Marek, quien por primera vez tuvo dudas sobre la posibilidad de tener a Noah en su vida. Era evidente que las hermanas no estaban de acuerdo con que Noah conociera a sus parientes paternos.

–Ha sido un placer conocerte –dijo Ashley, mientras que Stephanie se limitó a asentir secamente con la cabeza.

Marek se detuvo en la puerta para mirar por última vez a Noah, quien jugaba con un sonajero. Su mirada se posó brevemente en Stephanie, cuya expresión seguía siendo de manifiesta antipatía, y siguió a Camille al vestíbulo.

–Parece que tu hermana Stephanie no comparte tu opinión de que Noah conozca a su familia paterna. En cuanto a Ashley, no consigo adivinar lo que piensa.

–No te preocupes por Stephanie. Noah es mi

hijo y quiero que conozca a los Rangel. Y Ashley está de acuerdo.

—Me alegro, porque todos queremos conocerlo. Es increíble lo mucho que se parece a Kern —al pasar junto a la habitación del piano, echó un vistazo—. ¿Es aquí donde ensayas?

—Sí, y también es una especie de despacho donde Stephanie se ocupa de la contabilidad. A veces Noah la molesta, por lo que esta habitación es la más alejada de su cuarto. Yo estudio idiomas todos los días para mejorar mi italiano, inglés y alemán. Vayamos a donde vayamos siempre me llevo mis muebles, y por eso tenemos lo mínimo. Me gusta dormir en mi cama, pero el piano tengo que alquilarlo. No puedo ensayar en un hotel.

—Buena idea. Y parece que te va bien así —comentó Marek, pensando que a Camille no debía de quedarle mucho tiempo para Noah.

Poco después estaban en la limusina negra de Marek, de camino al aeropuerto.

—Siento que mi vida está cambiando y escapando a mi control —le confesó Marek—. Me gustaría que acordáramos una solución que nos permita ver con frecuencia a Noah antes de que te vayas.

—Puede que tengamos que recurrir al juzgado —respondió ella.

—Vamos a intentar resolverlo entre nosotros. Tengo muchos recursos a mi disposición, incluso un avión. Puedo ir y venir a mi antojo. No debería ser difícil ajustar nuestras respectivas agendas.

—Lo intentaremos. Puede que me vaya del país por una temporada.

–Lo veremos en su momento –sugirió Marek, preguntándose si podrían llegar a un acuerdo para compartir a Noah–. Háblame de tu vida –le pidió–. Lamento no saber nada, pero nunca he ido a la ópera.

Ella le sonrió.

–Pues no sabes lo que te pierdes, aunque no puedo hablarte con objetividad. No hay un punto medio con la ópera, o te encanta o te deja indiferente. Para mí es la mejor música que pueda existir.

El entusiasmo que expresaban sus palabras hizo sonreír también a Marek.

–¿Siempre soñaste con ser cantante de ópera?

–Sí, siempre. De niña me gustaba cantar y empecé a recibir clases a una edad muy temprana –le habló de su infancia en Saint Louis y de sus progresos, y él esperó a que hiciera una pausa para inclinarse hacia ella.

–¿Alguna vez te has enamorado?

–La verdad es que no. Creí estarlo en la universidad, pero no fue nada serio. No he tenido mucho tiempo para hacer vida social.

–Quizá deberías sacar tiempo.

Ella se echó a reír.

–¿Con un hijo pequeño? No creo que sea el mejor momento. En mi vida no hay lugar para los hombres. Imagínate, madre soltera y cantante de ópera… Cualquiera saldría corriendo.

–O quizá no. ¿Te has mirado bien al espejo?

–Gracias –le dijo con una sonrisa–. Pero tampoco he pensado mucho en lo que haré. Tengo que empezar a buscar colegios para Noah.

–Es pronto para eso.

–El tiempo pasa muy rápido, y no quiero verme en una lista de espera.

Marek volvió a pensar en Noah. Tenía que encontrar la manera de mantener al niño en la familia. No podía quedarse de brazos cruzados mientras Camille se iba a Francia, Alemania o Italia por un año y se llevaba a Noah con ella.

La llevó a cenar a un elegante y selecto restaurante de Houston. Era un lugar al que Marek solía ir y donde pensaba que estarían a salvo de admiradores y amigos, pero había olvidado que tenía una pista de baile y que las formas exigían que la invitara a bailar. No quería bailar con aquella mujer que tanto lo estimulaba por dentro y que le hacía recordar a Jillian.

–¿Estás pensando en tu novia? –adivinó Camille durante la cena–. Siento lo ocurrido, y es normal que pienses en ella. Supongo que veníais aquí de vez en cuando.

–Así es. Lo siento si me he distraído. A veces me invaden los recuerdos… ¿Quieres bailar?

–No tienes por qué bailar –le aseguró ella, sonriendo.

Marek apreció con gran alivio su comprensión, pero tenía que seguir adelante y dejar atrás el pasado.

–Vamos –se levantó y le tendió la mano–. Me hará bien moverme un poco.

Era la primera vez que bailaba con una mujer

desde Jillian. Respiró profundamente e intentó concentrarse en Camille.

—De verdad que no tienes que bailar si no quieres —le dijo ella amablemente.

—¿Tanto se me nota?

—Un poco.

—¿Te gusta bailar?

—Sí, pero si quieres dejarlo lo entenderé.

Marek la tomó ligeramente en sus brazos.

—Eres una persona muy sensible… —observó sus ojos y sus espesas pestañas—. Estás preciosa esta noche.

—Gracias.

—Lo digo en serio —mientras ejecutaba los primeros pasos sintió otra punzada de dolor. Echaba terriblemente de menos a Jillian, su cuerpo esbelto y armonioso y su risa alegre y natural.

—Sé cómo me sentiría si estuviera en tu lugar.

—¿No viste más veces a Kern?

—No. El fin de semana que conocí a tu hermano fue la única vez que estuvimos juntos. Y aunque fue maravilloso no llegamos a intimar tanto.

—Kern era la alegría personificada —se dio cuenta de que bailar con Camille era tan fácil como hablar con ella. Su perfume era embriagador, y el escote del vestido revelaba el comienzo de unos pechos generosos y turgentes—. ¿No quieres tener una familia más grande? ¿Un marido, un hermano para Noah?

—Sí, en algún momento de mi vida. Pero ahora mismo tengo que dedicarme a mi carrera y a mi hijo.

Empezó a sonar un tema más movido, y a los pocos segundos Marek estaba bailando con entusiasmo. Se sentía bien moviéndose al ritmo de la música y observando a Camille, quien demostraba ser una bailarina vigorosa y sensual. Las preocupaciones e inquietudes iban dejando paso a otras sensaciones mucho más agradables. Se quitó la chaqueta y la dejó en una silla vacía al borde de la pista. Los negros cabellos de Camille destellaban bajo las luces, y Marek deseó verlos sueltos. Era una mujer arrebatadoramente atractiva y seductora, y su estimulante compañía lo ayudaba a superar el dolor y el aletargamiento en que llevaba sumido desde la pérdida de Jillian.

Al cesar la música la apretó contra él y la miró fijamente a los ojos, sintiendo cómo despertaban los deseos y emociones dormidos.

Hizo girar a Camille y le sonrió, sorprendido por su reacción. Empezó a sonar una balada y de nuevo la estrechó en sus brazos para seguir bailando.

–Hacía mucho que no bailaba, y tengo que reconocer que es muy divertido. Incluso terapéutico.

–Seguramente lo sea –afirmó ella–. A mí me relaja mucho, y la verdad es que se te da muy bien.

–Gracias. Tú haces que sea fácil –volvió a sentir un arrebato de emoción y la sostuvo en sus brazos, los dos mirándose el uno al otro.

El momento se hizo más intenso y personal. Los sentimientos se removieron con fuerza en su interior. Bajó la mirada a sus labios, sensuales y carnosos, pero en ese instante la música acabó y volvieron a la mesa, donde de nuevo se ocupó de Noah.

–¿Ya sabes cuál será tu agenda para el resto del año?

–Sí. Después de Dallas, Santa Fe y Saint Louis iré a Budapest en octubre y me quedaré allí hasta diciembre. En marzo actuaré en el Metropolitan de Nueva York.

–Budapest, Nueva York... Todo eso está muy lejos de Texas.

–Lo siento, pero así es mi vida actualmente.

–Lo entiendo. Buscaremos la solución siempre que nos quieras en la vida de tu hijo. Mientras tanto, ¿podemos concertar una cita para que mi hermana vea a Noah?

–Claro que sí. El sábado por la mañana sería un buen momento, ya que Noah duerme la siesta por la tarde. Yo tengo que ensayar y hacer ejercicio, así que no estaré con vosotros.

–Se lo diré a mi hermana a ver qué le parece, ya que tiene que organizarse con su familia. Y me gustaría llevar a alguien más, si es posible. El capataz de mi rancho ha estado con nosotros toda mi vida y es como uno más de la familia. Me gustaría que conociera a Noah.

–Por supuesto –aceptó ella, y lo examinó atentamente–. ¿Sabes? No eres exactamente como pensaba; no te pareces a Kern.

–¿Y qué esperabas? –quiso saber él, y su curiosidad aumentó cuando ella se puso colorada–. Vaya, el rubor de tus mejillas insinúa que no debía de ser una opinión muy favorable...

—Eres más amable de lo que creía —se puso aún más colorada—. Temía que fueras como fuiste al recibirme en tu despacho.

Marek sonrió.

—Tendré que cuidar mi imagen. Reconozco que no fui muy amable en mi despacho. Creía que querías un donativo para la ópera o algo así.

Ella soltó una deliciosa carcajada y siguieron hablando de otras cosas durante la cena. Marek disfrutaba enormemente de la velada en compañía de una mujer hermosa.

—¿Podría ver otra vez a Noah antes del sábado?

—Claro. Ven mañana a cualquier hora. Estaré en casa todo el día. Tengo una clase de canto, otra de francés y sesión de entrenamiento, pero puedo hacer un breve descanso.

—¿Cuándo tienes tiempo libre?

—El poco tiempo libre que tengo se lo dedico a Noah. En estos momentos de mi vida estoy siempre ocupada.

—Muy bien. Me pasaré mañana.

—Perfecto. Stephanie estará haciendo recados, así que no tendréis que veros.

—Parece que me odia a muerte —dijo él, sacudiendo la cabeza.

—No, solo está asustada.

—¿Por qué? Yo jamás intentaría quitarte a tu hijo. Y ningún juez me lo permitiría.

—Alguno quizá sí. Creo que tienes mucha influencia en este estado.

—Ojalá… ¿Dónde nació Noah?

—Aquí, en Texas. En un hospital de Dallas.

–Así que tenemos a otro Rangel texano –dijo Marek, sonriendo–. A Kern le habría encantado.

–Y a ti también, ¿verdad?

–Sí.

–No sé si te lo he dicho ya, pero lo llamé Noah Kern Avanole. Espero que no te importe.

–Al contrario. ¿Le dijiste a Kern que ibas a ponerle su nombre?

–Claro, y estaba encantado.

–Seguro que sí. Me sorprende que no me llamara. Kern me lo contaba todo. Noah Kern Avanole es un buen nombre.

–Gracias. A mí también me lo parece. Y este es un buen momento para que todos lo vean. Cuando esté actuando no tendré tanto tiempo.

–Me lo figuraba –repuso Marek, pensando que Camille tenía una cara y un cuerpo más para el cine que para la ópera.

Charlaron en el vuelo de regreso a Dallas, y cuando la dejó en la puerta de su casa la agarró de la mano.

–Me lo he pasado muy bien y me ha encantado conocerte. Y no sé cómo expresarte mi agradecimiento por compartir a Noah con nosotros. Espero que tu hermana deje de preocuparse. Nunca intentaré quitarte a Noah.

–Stephanie acabará tranquilizándose. Está asustada porque piensa que tú puedes darle a Noah mucho más que nosotras. No creo que entienda lo que siento como madre al querer que mi hijo conozca a la familia de su padre y la vida en un rancho. Para mí es muy importante.

—Me alegro —dijo él, y se inclinó para darle un beso en la mejilla. Su piel era exquisitamente suave—. Te veré mañana. Llamaré antes de venir.

—Muy bien —le sonrió y entró en casa, cerrando la puerta tras ella.

Capítulo Tres

El sábado por la mañana Camille se duchó y se puso unos pantalones y una camiseta azules. Mientras se recogía el pelo se le acercó Ashley.

–Has salido con él tres veces esta semana y ha venido a diario a ver a Noah. Está loco por él.

–Será una buena figura paternal para él –comentó Camille.

–Empiezo a preguntarme si Steph no tendrá razón… ¿Es posible que Marek quiera conseguir la custodia de Noah? ¿O también le interesas tú?

Camille se rio.

–No, solo le interesa Noah –se puso seria–. Sigue muy afectado por la pérdida de su novia, aunque pareció animarse mientras bailábamos –se cepilló un mechón antes de sujetárselo–. En lo que se refiere a Noah, me ha asegurado que jamás intentará arrebatármelo. Sé que quiere formar parte de su vida y yo quiero que Noah sea parte de su familia. Necesita conocerlos. Marek puede enseñarle cómo es la vida de un vaquero.

–Y de qué vaquero… –dijo Ashley, riendo–. Multimillonario, nada menos.

–Es un buen hombre, Ashley –Marek le había prometido que no intentaría quitarle a Noah y ella lo creía. Lo poco que Kern le había contado de su hermano indicaba que era un hombre de palabra y honesto.

–Y guapísimo también. Incluso más que su hermano.

–Es más atractivo que Kern, pero mucho más serio y reservado.

–Seguramente porque perdió a su novia.

–Puede ser. Su novia era una mujer espectacular que salía en todas las revistas. En las fotos parecía una estrella de cine o una *top model*.

–Marek sigue llorando su pérdida, pero Noah lo ayuda a distraerse.

–Es normal que esté destrozado. El accidente en que murió su novia fue espantoso… Bueno, voy a cambiar a Noah y a darle de comer antes de que lleguen las visitas.

–Estoy un poco nerviosa por conocer a la hermana de Marek.

–¿Por qué?

–Es madre de dos niñas y sabrá mucho más que yo, que solo soy una novata.

–No seas tonta. Además, Marek es muy amable. A veces parece un poco insensible y duro, y un rompecorazones. Compadezco a la mujer que se enamore de él. Después de haber perdido a su novia y a su hermano, no querrá perder también a Noah. Puede que Steph tenga razón, después de todo.

–El tiempo lo dirá, pero no lo creo –aseguró Camille, aunque la sombra de la duda seguía acechándola.

Dos horas después, tras las presentaciones de rigor y habiendo hablado un poco con Marek, sus hermanas y ella se fueron y dejaron a Noah con Marek, su hermana y el capataz.

Después de ver a Noah Marek volvió al rancho con Jess y estuvo trabajando con él el resto del día. El extenuante trabajo físico lo ayudó a liberar la tensión acumulada. Hizo lo mismo el domingo, mientras sopesaba las opciones con Noah. Al final del día vio a Jess montando un caballo nuevo en el corral.

—Es un caballo magnífico —dijo el capataz al desmontar—. Has hecho una buena compra. ¿Quieres montarlo?

Marek saltó la valla del corral, se subió al caballo y dio una vuelta al trote.

—Tienes razón. Manso como un cordero —le tendió las riendas a Jess y lo acompañó al establo—. He estado pensando en Noah. No podemos apartarlo de Camille ni de sus tías, pero tenemos que ser parte de su vida y verlo crecer.

—No veo que haya ninguna solución fácil, pero no soy yo quien tiene el problema.

—Ginny está preocupada y yo me paso las noches en vela intentando dar con la respuesta. Camille no me dejará tener a Noah por una larga temporada.

—Cierto.

—Ginny me ha recordado mi obsesión por

tenerlo todo controlado, y cree que me he pasado la vida haciendo que los demás hagan lo que quiero. Yo no lo veo así, pero me ha dicho que esta vez no voy a poder salirme con la mía.

–A veces tenemos que adaptarnos a lo que nos depara la vida.

–Ya me conoces, Jess, nunca concibo el fracaso. La situación no es sencilla, pero tal vez lleguemos a una solución si logro persuadir a Camille.

–Inténtalo. Y si dice que no, prueba con otra cosa –declaró Jess mientras cepillaba al caballo.

–No creo que te guste la idea.

–A ver, dime ¿cómo piensas convencer a Camille? –le preguntó el capataz, mirándolo con el ceño fruncido.

El viernes siguiente por la noche Camille y Marek cenaron en el patio de su casa de Dallas. Camille tomaba una copa de vino y Marek un martini mientras la carne se hacía a la parrilla. Se había puesto un vestido rojo de algodón y unas sandalias de tacón alto, y se había recogido el pelo en lo alto de la cabeza. Pero no creía que Marek se hubiera fijado ni aunque fuera vestida con un saco de patatas. No tenía ningún interés personal en ella, lo cual era mejor así, ya que Camille no quería embarcarse en una relación sentimental.

Aquella noche Marek parecía más pensativo que de costumbre, y aún no había sacado el tema de Noah y la custodia compartida. Camille no tenía ninguna intención de presionarlo. Ella también le había dado muchas vueltas al asunto y la única solución factible a la que había llegado con Ashley era vivir en una casa lo bastante grande para albergar a los Rangel cuando quisieran ir de visita. Siempre serían bienvenidos viviera donde viviera. Cualquier otra opción era impensable. Por nada del mundo dejaría a Noah en Texas, y le había asegurado repetidas veces a Stephanie que se mantendría fiel a su decisión.

Respiró hondo para calmar los nervios. No estaba del todo segura de que Marek aceptara la propuesta.

Lo miró mientras le daba la vuelta a los filetes en la parrilla, de la que se elevaba una espiral de humo. Cuando pasó a recogerla en la limusina parecía tan autoritario e imponente como siempre, con un traje gris marengo y una corbata roja que recordaban, tal vez deliberadamente, su poder y riqueza.

El olor de la carne siempre le hacía la boca agua, pero en aquella ocasión tenía el estómago revuelto. Marek era un hombre que no se detenía ante nada, y su inmensa fortuna amenazaba la vida de Camille como un tornado formándose en el horizonte.

–La carne estará lista enseguida –anunció Marek, sentándose junto a ella–. Espero que tengas hambre.

–La verdad es que los nervios me quitan el apetito. Estoy más asustada por esto que cuando salgo a escena.

–No tengas miedo –la tranquilizó él–. Encontraremos la solución y siempre pensando en lo mejor para Noah. Aunque no pueda participar en esto es lo primero y más importante.

—Cierto —afirmó ella, sintiéndose mejor al ver que la prioridad de Marek era Noah.

Marek se inclinó y la tomó suavemente de la mano. Su mirada la dejó sin aliento.

—Relájate, Camille. Encontraremos la solución mejor para todos —recalcó.

—Eso espero —tenía un nudo en la garganta y era consciente de la preocupante atracción que empezaba a sentir por Marek.

—Toma un poco de vino y come algo de carne. Primero cenemos tranquilamente y luego hablaremos de Noah.

Ella asintió, incapaz de hablar. Él sonrió y le dio unos golpecitos en la mano antes de recostarse en la silla y levantar su copa.

—Por una solución feliz y por haber tenido con Kern un hijo tan guapo.

Ella también sonrió y tocó su copa con la suya.

—Brindo por eso.

—Debo decir que mi hermano siempre tuvo muy buen gusto con las mujeres —añadió Marek. Era lo más cerca estaba de flirtear con ella.

—Gracias, pero yo no diría tanto. Tal vez solo nos encontramos en el momento y el lugar apropiados.

Cenaron al aire libre. Al terminar se acomodaron en las tumbonas frente a la piscina mientras los criados lo recogían todo. Marek esperó a quedarse solos para girarse hacia ella.

—Cuéntame lo que tienes pensado.

Camille le contó sus planes de vivir en una casa lo bastante grande para acoger a todos los que quisieran ir a ver al niño. Marek la escuchaba en silencio, asintiendo de vez en cuando, y a Camille se le aceleró el corazón y le sudaron las palmas de las manos.

Acabado el discurso, Marek guardó un largo silencio antes de hablar.

—Es un buen plan —dijo, pero Camille presentía que Marek tenía otra cosa en mente—. Yo he pensado en otra solución, y te pido que la pienses con calma antes de darme una respuesta.

—Eso suena razonable, pero inquietante.

Él volvió a sonreír, suavizando ligeramente su expresión.

—Bien. Tú estás completamente comprometida con tu carrera y con Noah, ¿no?

—Sí.

—Yo he perdido a mi novia y no quiero tener una relación seria con nadie. Jillian se quedó con mi corazón y pasará tiempo hasta que vuelva a amar a alguien. Y creo que, más o menos, es una situación parecida a la tuya. Los dos hemos dejado en suspenso la posibilidad de estar con alguien especial.

—Tienes razón —dijo ella con una curiosidad cada vez mayor.

—Camille, ¿quieres casarte conmigo?

Camille apenas se percató de que el vaso de té se le resbalaba de la mano y se hacía pedazos contra el suelo.

–No me respondas ahora, por favor. Quiero que lo pienses bien y que no te precipites en tu decisión. Si te casas conmigo será un matrimonio de conveniencia por el bien de Noah, aunque en algún momento esperaría que tuviéramos relaciones sexuales. Sería muy ingenuo esperar lo contrario.

La voz de Marek sonaba débil y distante, y a Camille le daba vueltas la cabeza. ¿Acababa de pedirle que se casara con él?

–Creo que voy a desmayarme.

Marek se puso en pie al instante.

–Agacha la cabeza.

Ella obedeció y sintió un trapo frío y mojado en la nuca, pero los cálidos dedos de Marek le provocaron un efecto muy distinto al deseado. Esperó unos segundos y se incorporó.

–Respira hondo y relájate.

–He roto el vaso –dijo, mirando los cristales que centelleaban a sus pies.

–Olvídate de eso y relájate. No te esperabas una proposición como esta y por eso quiero que lo pienses con calma. Cuando estés tranquila y preparada te daré los motivos por los que creo que es la mejor solución.

–Estoy preparada.

Él la examinó y ella le sostuvo la mirada mientras intentaba serenarse. Quería rechazar su propuesta en el acto. No había nada que pensar. ¿Cómo podía esperarse Marek que fuera a aceptarlo?

–Si nos casamos Noah llevará el apellido Rangel y tú te sentirás más tranquila al dejarlo conmigo. Nos repartiremos el tiempo como mejor te venga a ti. Me gustaría adoptar a Noah y ser un padre para él.

–Lo perderé –susurró ella–. Será tu hijo en todos los aspectos salvo uno. Tendrás más derechos sobre él como padre adoptivo que como tío.

–No lo perderás, te lo prometo. Y firmaremos un contrato prenupcial con el que estés de acuerdo. Decidiremos juntos cuándo puedo estar con él, y me ocuparé de que nunca os falte de nada. Tendrás un avión privado y una buena pensión, y podrás dedicarte libremente a tu carrera. Sé que te las arreglas bien sola, pero yo puedo ayudarte a estar todavía mejor.

–No necesito dinero.

–Lo sé, pero será más fácil para todos. Y desde luego, será lo mejor para Noah.

–Quiero triunfar en mi carrera.

–Y yo espero que lo hagas –volvió a agarrarla de la mano y le acarició los nudillos con el pulgar.

Casarse con él… Era un disparate, pero la idea le aceleraba el pulso.

–Me gustaría formar parte de la vida de Noah y ser una buena influencia para él –continuó Marek–. Kern habría hecho lo mismo por un hijo mío. Quiero ver crecer a Noah. Es como un lazo que me ata a Kern.

A Camille se le llenaron los ojos de lágrimas.

–No quiero hacerte daño ni preocuparte. Solo quiero que seas feliz, hagamos lo que hagamos.

–¿Y cómo esperas que esto me haga feliz? Tú

tendrás a Noah y yo no podré hacer nada al respecto –se levantó y se alejó para que no la viera llorar.

Él la siguió y le puso las manos en los hombros. La hizo girarse y le apartó suavemente las lágrimas con los dedos.

–No llores. Te he prometido que jamás te haré daño. Si yo fuera Kern y acabara de pedírtelo, ¿no te lo pensarías al menos, a pesar de que no estabais enamorados?

Sorprendida por la pregunta, levantó la vista hacia él. ¿Qué pasaría si lo rechazaba? Marek era muy poderoso y tenía muchísimos más recursos que ella.

–Supongo que sí.

–Yo no soy Kern, pero te aseguro que lo llevo en el corazón.

–Eres más serio y contundente que Kern.

Marek esbozó una media sonrisa.

–Intentaré ser menos contundente. Lo único que te pido es que pienses en las posibilidades. Y ahora, ¿te apetece un poco más de té mientras hablamos del aspecto económico?

–Sí, gracias.

Fueron hacia la cocina y le sirvió otro vaso de té. Aquel texano apuesto y millonario quería casarse con ella. Jamás se lo hubiera imaginado.

Se sentaron lejos de los cristales rotos y Camille bebió el té en silencio, intentando descifrar el inescrutable rostro de Marek. Por su expresión, podría haber estado hablando del tiempo.

–Lo recogeremos todo por escrito para que

tenga valor legal –dijo él–. Si aceptas, te pagaré cinco millones de dólares.

Camille casi se atragantó con el té.

–¿Cinco millones de dólares por casarme contigo?

–Eso es. Recibirás un millón cuando firmemos los papeles y el resto cuando seamos marido y mujer. Después recibirás un millón cada año que estemos casados, más una generosa pensión. Abriré un fondo para Noah y correré con todos sus gastos. Tú puedes gastarte el dinero en lo que quieras.

Camille no sabía qué decir. Se había quedado absolutamente anonadada por la oferta que cambiaría su vida y la de su familia para siempre.

–Ahora entiendo por qué siempre te sales con la tuya –murmuró, sin darse cuenta de que estaba pensando en voz alta.

Siempre había confiado en su carrera para mantener a la familia. Con aquella fortuna nunca más tendría que preocuparse si le llegaba el dinero a fin de mes, y sin embargo…

–Estás hablando de mucho dinero.

Marek parecía muy tranquilo, como si estuviera acostumbrado a negociar sumas astronómicas.

–Puedo permitírmelo y quiero hacerlo. Tú me darás mucho más si aceptas, pues así tendré a Noah conmigo.

–Apenas lo conoces. ¿Cómo puedes sentirte tan unido a él?

–Muy fácil. Quería mucho a mi hermano, y me siento unido a él a través de tu hijo.

Ella asintió, conmovida por su sensibilidad.

–Me has puesto la vida del revés, y la de mi familia. Ese dinero lo cambiará todo, pero... supongo que querrás pasar mucho tiempo con Noah.

–Parte del tiempo viviremos en el mismo sitio. No quiero dejar de ser ranchero, pero no me dedico siempre al rancho. Cuando Noah vaya al colegio tendrás que pensar seriamente si conviene que te acompañe en tus viajes.

–¿Y si te enamoras de alguien?

–Para eso están los divorcios, pero no creo que vuelva a enamorarme nunca más. Como ya te he dicho, Jillian se quedó con mi corazón –desvió la mirada y Camille se arrepintió de haber sacado un tema que le era doloroso.

Le puso la mano en el brazo.

–Siento haberte molestado, Marek. No era mi intención.

Él tomó aire lentamente.

–A veces me invaden los recuerdos sin que pueda evitarlo. No te disculpes. No podías saberlo.

–Mencionaste algo de relaciones sexuales –dijo ella para cambiar de tema–. No tendré mucho tiempo para esas cosas, y no voy a hacerlo con un hombre al que apenas conozco. Ya lo hice una vez con tu hermano y no pienso repetirlo. Tu hermano me sedujo aquella noche. El sexo entre nosotros tendrá que esperar. Y puede que mucho.

–El trabajo en el rancho me ayuda a desahogarme. Recuerda que estaremos casados. Eres una mujer muy hermosa, Camille. Me has dicho que no tienes tiempo para un hombre en tu vida y yo no voy a exigirte nada. Si hay sexo será porque ambos lo deseamos.

Ella sonrió, tranquilizada por su respuesta.

–Seguramente esperas que desaparezca durante meses.

Él volvió a esbozar un atisbo de sonrisa.

–Para nada. Podemos establecer un calendario. Piensa en lo que sea más conveniente para ti.

–No sé. ¿Qué tal este verano cuando esté en Nuevo México?

–Tú decide lo que quieras y empezaremos desde ahí.

Camille observó sus atractivos rasgos. La idea de convertirse en la señora Rangel y recibir millones de dólares la dejaba sin aliento. Pensó en todas las cosas que podría darle a Noah y a su familia. Y lo más importante, su hijo tendría un padre.

Tenía que pensarlo a fondo y hablarlo con sus hermanas y su familia. ¿Y si se casaba con Marek y se enamoraba de él? No quería que nada la distrajese de su carrera, aparte de su hijo. Peor aún, Marek no la correspondería de igual manera, y eso sí que sería un golpe devastador. Estaría encantado de acostarse con ella, pero nada más. Siempre estaría pensando en Jillian.

–Creo que me iré a casa a pensarlo.

–Bien –aceptó él–. Tendrás que dejar a Noah de vez en cuando, pero de todos modos también tendrías que hacerlo por tu carrera.

Ella se levantó y lo mismo hizo él. La agarró del brazo y a Camille le dio un vuelco el corazón.

–Te llevaré a casa. Tómate el tiempo que necesites y háblalo con tu familia. ¿Cuándo te gustaría que volviéramos a salir?

—Mañana es viernes y quiero estar con mi familia. Si no te importa preferiría esperar hasta el martes para verte —así tendría tiempo para hablar con su abogado—. Me imagino la reacción de mis hermanas cuando les cuente todo esto.

Mientras se alejaban en la limusina, Camille contempló la casa de estilo colonial con sus grandes columnas en el porche delantero. Aquel sería su hogar si se casaba con Marek. Increíble.

—¿Tus padres estarán de acuerdo con este matrimonio?

—Soy un hombre adulto y tomo mis propias decisiones. Y sí, espero que estén de acuerdo. Viven en California y dedican casi todo su tiempo a obras benéficas. Mi padre juega al golf y hace poco se rompió el tobillo, por lo que lleva muletas y no puede conducir. Y como mi madre odia el avión, tendrán que esperar para venir a Texas.

—Lo siento.

—Pasarás el examen, te lo aseguro. Aunque querían mucho a Jillian y se quedaron destrozados con su pérdida.

—Es comprensible.

—He pensado mucho en lo que te he propuesto. Eres una mujer preciosa y una promesa de la ópera. Se quedaron impresionados cuando les hablé de ti.

—Noah es su primer nieto varón, ¿verdad?

–Así es. Pero a mis padres no les gusta hacer mucho de abuelos. De lo contrario no vivirían a miles de kilómetros.

–¿Y tu hermana qué opina?

–Aún no lo sabe. Antes quería hablar contigo.

–¿Se lo has dicho al señor Grayson?

–Sí, a Jess sí, y está de acuerdo.

–Nunca lo hubiera dicho. Estás muy unido a él, ¿no?

–A veces siento que es más padre para mí que mi propio padre. Me lo enseñó todo sobre el rancho, y siempre ha estado con nosotros. Mis padres siempre estaban ocupados, pero Jess siempre tenía tiempo para mí y para Kern. También para Ginny, aunque ella dejó de juntarse con él al llegar a la adolescencia. Para mí, en cambio, siempre ha sido mi mejor amigo.

–No creo que a tu hermana le guste que te cases por conveniencia.

–Lo acabará aceptando. Ella sabe que siempre hago lo que quiero. ¿Tus hermanas y tú estáis muy unidas?

–Estoy más unida a Ashley –guardó un breve silencio–. La cabeza me da vueltas con todo esto. Me cuesta creer que esté pasando de verdad.

–Mi oferta es real, y espero que la aceptes. Sé que no era tu intención compartir a Noah mucho tiempo, pero piensa en lo bien que estará con Jess y conmigo en el rancho en vez de esperar entre bastidores a que termine tu actuación.

–Es demasiado pequeño para dejarlo contigo.

–Entonces necesitaré una niñera. ¿Se quedará Ashley con nosotros cuando Noah esté conmigo?

La pregunta aumentó el desconcierto de Camille.

–No lo había pensado. Me gustaría que siguiera siendo la niñera de Noah, pero tendré que preguntárselo porque quizá ella no quiera. Quedarse en tu rancho de Texas es muy distinto a viajar de un lado para otro con sus hermanas.

–Y tanto que sí, pero a mí también me gustaría tenerla como niñera. Creo que sería mejor para todos, especialmente para Noah.

–Si Ashley acepta su vida cambiará por completo.

Marek volvió a sonreír.

–No tiene por qué ser un cambio tan drástico. El rancho es un buen lugar para vivir y yo me paso trabajando todo el día, por lo que no la molestaré. Le pagaré un buen salario. No sé lo que gana ahora, pero tendrá un aumento.

–Eres muy generoso.

–Tú lo serás mucho más conmigo si aceptas.

Camille lo miró fijamente a los ojos y pensó en el futuro que los aguardaba. Había atado su vida a la de aquel hombre y no había vuelta atrás. El corazón le latía con fuerza.

Capítulo Cuatro

Al entrar en casa se encontró a Ashley esperándola en el vestíbulo a oscuras.

–Creía que no volverías nunca. ¿Qué estabas haciendo?

–Tengo que hablar contigo. ¿Dónde está Stephanie?

–Ha salido con un chico. Noah está durmiendo. Has vuelto más tarde que de costumbre.

–Vamos a hablar a mi habitación, pero antes déjame ver a Noah. Te prometo que no lo despertaré.

–Claro. ¿Qué has hecho esta noche?

–Hemos ido a su casa de Dallas y ha hecho una barbacoa.

–¿Cómo es la casa?

–No es tan elegante como esperaba. Muy bonita y acogedora, pero para nada ostentosa. Tiene piscina, jardín y una cocina al aire libre. Estaré contigo enseguida.

–Te espero en tu habitación.

Camille se acercó de puntillas a la cuna y contempló a su hijo dormido. El corazón se le encogió y tuvo que contenerse para no abrazarlo. Los ojos le escocían por las lágrimas.

Hicieran lo que hicieran, tendría que renunciar a Noah parte del tiempo. Su hijo recibiría la influencia de Marek y pasaría con él una gran parte de su vida. Stephanie no se había equivocado. Le invadió un amargo remordimiento por haberle hablado de Noah.

Alargó el brazo y le acarició la mano, sintiendo el calor y suavidad de su piel. Nunca había querido a nadie como quería a Noah. Y en el fondo sabía que había hecho lo correcto al revelarle su existencia a Marek. Sería una buena influencia para el niño, y los Rangel merecían pasar tiempo con Noah igual que Noah merecía un padre y su herencia ranchera. Se secó las lágrimas y salió del cuarto.

Ashley la esperaba en el dormitorio principal, acurrucada en el sofá.

–Me cambio de ropa y enseguida estoy contigo –le dijo Camille–. ¿Quieres tomar algo antes de que empecemos a hablar? Te advierto que será una conversación muy larga.

–Me tienes en ascuas. Voy a por algo de beber. ¿Limonada?

–Estupendo. Vuelvo enseguida.

Se puso una camiseta y unos pantalones de pijama y se sentó en el sofá, donde Ashley ya la esperaba con la limonada y un plato de galletas.

–Cuéntame.

–¿Estás preparada? –Ashley asintió–. Pues bien… Marek me ha propuesto un matrimonio de conveniencia.

–¡No! –exclamó Ashley, abriendo los ojos como

platos–. Lo habrás rechazado, ¿verdad? No puedes…

–Ashley, escúchame. Recuerda que me puse en contacto con él porque quería que Noah conociera a su familia paterna y que Marek fuese una figura paternal para él. Todavía no le he dado una respuesta. Me ha pedido que lo piense con calma, y hemos quedado en volver a vernos el martes que viene, después de que yo hablara con vosotras.

–No hay nada que pensar. Dime un solo motivo por el que te plantearas aceptarlo. Es una locura. Marek tendría muchos más derechos sobre Noah y tú estarías atada a una unión sin amor. Es un hombre extremadamente rico, guapo y sexy, de acuerdo, pero no te querría y se entrometería en todo. Tendrías que compartir a Noah y…

–¿Me dejas que te lo cuente todo o no?

–Sí, claro. Adelante.

Camille le contó los detalles, y cuando mencionó la cantidad que Marek le había prometido, Ashley se quedó boquiabierta y pálida.

–Ashley… ¿Estás bien?

–¿Cinco millones ahora y un millón más cada año además de una pensión? –repitió su hermana con un hilo de voz.

–Así es. Por más que intento no pensar en el dinero, no puedo evitarlo. Con una fortuna semejante podrías estudiar y mamá y papá podrían darle los mejores cuidados posibles a la abuela. Y yo podría dedicarme a mi carrera sin preocuparme por llegar a fin de mes. Piénsalo, Ashley, ese dinero me quitaría un gran peso de los hombros.

–Sabía que tenía dinero, pero no tanto –murmuró Ashley, que seguía anonadada por lo que acababa de oír.

–Cambiará nuestras vidas, y también la de Noah. Marek le abrirá una cuenta para cuando sea mayor y será un padre para él. Tendremos que separarnos de vez en cuando, pero no será permanente. Y a Marek le gustaría que siguiera siendo la niñera de Noah. Está dispuesto a pagarte un salario mucho mayor del que recibes ahora.

–Dios mío, esto es increíble, Camille. Y me imagino la reacción de mamá. No le gustan las sorpresas.

–Tendré que decírselo con delicadeza.

–Cuando decidiste hablarle a Marek de Noah sabía que Stephanie se pondría furiosa. Pero si le dices lo del dinero a la vez que le cuentas lo del matrimonio, no creo que se lleve un disgusto muy grande. Ya sabes lo importante que es para ella el dinero. ¿Cuánto tiempo querrá tener Marek a Noah?

–Todavía no lo hemos acordado, pero Marek insiste en que no quiere causarme ningún problema.

–Serás millonaria.

Camille solo la escuchaba a medias, porque una parte de sus pensamientos se centraba en Marek y en su propuesta. ¿Cuánto tiempo querría tener a Noah en el rancho? ¿Podría Ashley vivir aislada en medio de las llanuras texanas?

Como no tenía respuesta a esas preguntas intentó concentrarse en Ashley, quien seguía hablando animadamente de la oferta de Marek. Solo podía obtener una de las respuestas.

A la mañana siguiente, Marek se sentó a tomar un café con Jess.

–¿Qué ha dicho Ginny?

–Se opone tajantemente a la idea, como era de esperar. Cree que me arrepentiré de atarme a un matrimonio de conveniencia y que tengo mucho que perder.

Jess se limitó a asentir. Marek recibió una llamada y miró el número.

–Es ella otra vez. Y yo que esperaba tener una llamada tranquila… –respondió al teléfono–. Hola, Ginny –asintió y colgó a los pocos segundos–. Viene para acá. La acompaña la familia Dalton al completo para que las niñas puedan montar a caballo mientras ella habla conmigo. Quiere hacerlo en persona.

Jess apuró el café y se levantó.

–Iré a preparar los caballos. Yo me quedaré con Frank y las chicas para que puedas hablar tranquilamente con Ginny. Ten paciencia con ella y recuerda que solo quiere lo mejor para ti.

Poco después llegó Ginny con su familia. Marek esperó en la cocina mientras Jess saludaba a Ginny y a su marido, Frank Dalton, un contable que tenía su propia empresa. Todos se dirigieron al granero salvo Ginny, que fue hacia Marek con su negra melena ondeando al viento y con la cara casi tan roja como su camiseta.

–¿Es que te has vuelto loco, Marek? ¡No puedes casarte con una mujer a la que no quieres!

–Hola, hermanita. Pareces un poco acalorada, ¿quieres tomar algo frío?

–No, no quiero nada. Hemos venido para hacerte entrar en razón. Y reza por que ella te rechace.

–Voy a servirte algo de beber, Ginny. Y espero que ella acepte. Creo que es la solución al problema, y no pensaba que fuera a crear tanto revuelo.

–¿Y si te enamoras de otra mujer?

–Hay una cosa que se llama divorcio. Pero no espero volver a enamorarme. Hay personas que solo se enamoran una vez en la vida.

–Puede ser, pero no creo que sea tu caso. Eres joven y fuerte y volverás a amar de nuevo, aunque ahora no lo creas posible.

–¿Tienes una bola de cristal? ¿O es que crees conocerme mejor que yo?

–No quiero que te metas en una relación que te hará sufrir.

–Tranquila, Ginny –le dijo con una sonrisa–. Aprecio tu preocupación, pero lo he pensado mucho y creo que es lo mejor –sacó una cerveza del frigorífico–. ¿Por qué no te sientas y te pones cómoda? Desde aquí puedes vigilar a las niñas mientras montan en el corral.

–Han traído los bañadores para darse un baño después de montar. Por favor, Marek, no lo hagas. Solo te acarreará problemas y desgracias.

–Deja de preocuparte. Lo he pensado hasta el último detalle y no veo otra solución mejor. De esta manera podremos tener a Noah mucho más tiempo con nosotros. Camille estará en Budapest este otoño. Si no hago algo se lo llevará con ella y no lo veremos hasta el año que viene. No quiero perderlo. Es demasiado importante para mí. Y creo que para ti también.

—Lo es, pero tú también lo eres —replicó ella con el ceño fruncido—. No quiero que sufras.

—Si no funciona nadie sufrirá. Camille es una mujer muy ambiciosa, está centrada en su carrera y no tiene tiempo para su vida privada. En primavera actuará en el Metropolitan de Nueva York. Si sigue triunfando necesitará ayuda con Noah.

—Ya tiene ayuda. Su hermana es su niñera… —sacudió la cabeza—. Espero que sepas lo que haces, pero ¿qué pasará si te enamoras de ella? No renunciará a su carrera por ti.

—Ni yo le pediría jamás que lo hiciera. Pero no voy a enamorarme.

—Sigues dolido por la muerte de Jillian, pero acabarás superando el trauma y seguirás adelante con tu vida. No tienes por qué hacer esto. Camille te dejará ver a Noah sin necesidad de casaros.

—Quiero algo más que unas pocas visitas al año.

—¿Desde cuándo quieres ser padre?

—Ya sabes lo mucho que quiero a tus hijas.

—Sí, pero eres su tío, no su padre. Ser padre es una responsabilidad permanente. Acabarás queriendo a ese niño más que a ti mismo, y si Camille y tú rompéis, te quedarás destrozado. ¿No has pensado en eso?

—Sí, pero la vida está llena de imprevistos, y a

veces hay que asumir riesgos cuando quieres a alguien.

Ginny se giró para observar a sus hijas.

—No sabes lo que es el amor hasta que tienes un hijo. Mi vida y la de Frank giran en torno a las niñas. Si te haces cargo de Noah, aunque solo sea temporalmente, lo querrás más que a tu vida.

—Ya está bien, Ginny. Quiero arriesgarme. Quiero tenerlo en nuestras vidas.

El silencio se cernió sobre ellos mientras se observaban el uno al otro.

—Está bien, Marek —aceptó ella por fin—. Intentaré no preocuparme y dejaré de discutir. Pero sigo creyendo que cometes un tremendo error.

—Si Kern estuviera en mi lugar y Noah fuera mi hijo, seguro que haría lo mejor para el niño. Lo he meditado y me parece la solución más sensata.

—Puede que tengas razón. ¿Cuándo te dará una respuesta?

—La volveré a ver el martes por la noche. Te llamaré tan pronto como lo sepa. Camille lo está consultando ahora con sus hermanas.

—A lo mejor ellas le quitan la idea de la cabeza.

—Stephanie lo intentará, sin duda. Te llamaré el miércoles por la mañana.

—No, llámame el martes por la noche. Hasta entonces intentaré pensar en otra solución.

Marek sonrió.

—Gracias, Ginny.

***

El martes por la noche Marek estaba hecho un manojo de nervios. Estaba acostumbrado a negociar tratos multimillonarios sin inmutarse, pero en aquella ocasión, por primera vez en su vida, no tenía un plan B. Solo podía rezar por que Camille aceptara.

Al verla sintió la misma reacción que experimentó el día que la conoció. Su belleza era espectacular y emanaba una energía deslumbrante. El pelo le caía como una exuberante cascada negra por los hombros, y su vestido negro sin mangas revelaba sus apetitosas curvas. En el cuello llevaba una pequeña cadena de oro con un diamante.

–Hola –lo saludó con una sonrisa–. Pasa.

–Estás preciosa –dijo él, sin poder adivinar nada en su expresión. Era tan buena actriz como cantante, y sabía ocultar sus sentimientos.

–Me pediste ver a Noah antes de salir –lo condujo al salón y le indicó el sofá–. Siéntate mientras voy a buscarlo.

–¿Está despierto?

–Despierto y alborozado. Stephanie ha salido y Ashley está al teléfono –fue al cuarto del niño, donde Ashley esperaba con Noah–. Gracias, Ashley. ¿Seguro que no quieres saludar a Marek?

–No, no quiero ponerme a llorar como una tonta.

Camille volvió con su hijo al salón, donde Marek estaba de pie junto al piano, examinando la partitura. Su traje azul marino y su corbata eran un sereno reflejo de su riqueza y poder. Un hombre alto, imponente y autoritario que siempre lo tenía todo bajo control y que jamás vacilaba en sus objetivos.

–Ah, aquí está el pequeñín –tendió las manos hacia Noah, que se puso a patear y a agitar los brazos.

–¿De verdad quieres tenerlo en brazos? Te va a poner la camisa perdida.

–Pues se lava y listo –dijo él, quitándose la chaqueta y dejándola en el sofá.

–Creo que se acuerda de ti.

–Genial, aunque me parece que se alegra de ver a cualquiera. Siempre está contento.

–No siempre, pero sí casi todo el día.

Marek se llevó al niño a la ventana para enseñarle el exterior y luego se sentó con él en el suelo y le entregó varios juguetes. Camille se maravilló al ver a aquel ranchero millonario y poderoso, impecablemente vestido con un traje a medida, sentado en el suelo y haciendo unos ruidos bobalicones que hacían reír a Noah como loco.

–¿Por qué los adultos hacen cualquier tontería para hacer reír a un niño?

–No lo sé, pero es divertido. Y su risa es contagiosa –siguió haciendo ruiditos y riendo con Noah, y a Camille se le encogió el corazón al ver reír a Marek. El rostro se le cubría de arrugas y sus dientes destellaban todavía más blancos.

Finalmente se puso en pie.

–¿Nos vamos? Otro día jugaremos más tiempo.

–Sí, espera un momento a que lo deje con Ashley.

Se lo llevó al cuarto, apretándolo fuertemente

contra su pecho y preguntándose si estaba tomando la decisión correcta. Después de aquella noche no habría vuelta atrás.

Igual que la vez anterior, fueron en la limusina a la casa de Marek, en Dallas. Se sentaron en el jardín y él se quitó la chaqueta y sirvió las bebidas.

–Ya he esperado bastante, y al fin estamos solos –dijo, mirándola fijamente–. ¿Cuál es tu respuesta, Camille? ¿Te casarás conmigo?

A Camille le dio un vuelco el estómago y empezaron a sudarle las manos a pesar de tenerlas heladas. Clavó la mirada en los marrones ojos de Marek y respiró profundamente antes de asentir.

–Sí, me casaré contigo.

Él cerró un instante los ojos y la abrazó ligeramente.

–Gracias –le dijo con una voz que parecía trabada por la emoción.

Olía a sándalo y a limón, y su calor corporal la envolvía y reconfortaba. Mirándolo solo pudo pensar en lo atractivo que era.

–Vamos a hacer que funcione, Camille –le aseguró, y Camille sintió una amarga decepción. La emoción de Marek no se debía a ella, sino al niño.

–No quiero enamorarme –susurró. «Para que no me rompas el corazón», añadió para sí.

Marek la miró con ojos muy abiertos, antes de entornar la mirada como si por primera vez la estuviese viendo como a una mujer.

–Olvida lo que he dicho –dijo ella, y se apartó

de él para ocultar el rubor de sus mejillas–. Me debo por entero a mi carrera y a Noah, y apenas pasaremos tiempo juntos –se sintió ridícula al justificarse.

–Gracias, Camille –repuso él, recobrando la compostura–. ¿Qué te parece si empezamos a elaborar el acuerdo prenupcial que podamos presentarles a nuestros abogados?

–Muy bien –agarró su copa de vino y se sentó en un sillón de teca acolchado. Él se sentó frente a ella y tomó un sorbo de su copa–. Tenemos que organizar el calendario a partir de tus actuaciones. En cuanto firmemos los documentos, te transferiré el dinero.

–Me siento abrumada –confesó ella, incapaz de asimilar que muy pronto sería millonaria.

–Estaremos casados, Camille. Por lo que a mí respecta, puedes hacer con tu dinero lo que te plazca. Yo correré con la manutención y los gastos. Tú solo asegúrate de que Stephanie lleve las cuentas al día.

–Me parece un trato muy favorable, teniendo en cuenta el dinero que voy a recibir.

–Desde el punto de vista económico, serás mi mujer en el pleno sentido de la palabra. ¿Cómo se lo han tomado tus hermanas y tus padres?

–Ashley está preocupada por Noah, pero el dinero le permitirá seguir estudiando. Stephanie es mucho más práctica. No le gusta la idea de compartir a Noah, pero no le hará ascos al dinero. Está considerando abrir su propio negocio y ganar más clientes de los que tiene ahora.

–Bien. ¿Y la posibilidad de que Ashley siga siendo la niñera?

–De momento lo seguirá siendo. Más tarde, si encuentras una buena sustituta, le gustaría ir a la universidad y acabar sus estudios.

–Claro. Dile que me avise cuándo empezar a buscar otra niñera.

–A mis padres aún no les he dicho nada del dinero. Me gustaría que antes te conocieran y lo vieran como un matrimonio de verdad. De lo contrario solo se fijarán en el dinero y no entenderán las razones por las que quiero hacer esto.

Marek estiró las piernas. Parecía tan relajado como si estuvieran hablando de cine o de música. Al verlo, nadie pensaría que estaba tomando decisiones trascendentales para su vida, la de ella y la de Noah. Todo era tan surrealista que a Camille le costaba creérselo, pero estaba sucediendo de verdad. Pronto sería la mujer de un hombre al que no amaba y al que apenas conocía.

Lo recorrió con la mirada y sintió que se le aceleraba el corazón. Era increíblemente atractivo, y hacía mucho que ella no estaba con un hombre. La atracción física era innegable, sobre todo cuando él se acercaba o la tocaba. Pero no podía permitirse complicaciones emocionales de ningún tipo, y menos con un hombre como Marek.

–Lo más importante es cómo vamos a compartir a Noah –dijo él–. He elaborado un calendario provisional, pero podemos cambiarlo por completo si no te parece bien.

–Ahora mismo es difícil cuadrar las fechas

–arguyó ella, reprimiendo las lágrimas al sentir que estaba a punto de perder a Noah. Tanto le asustaba aquella posibilidad que por un instante quiso cambiar de opinión. Pero era demasiado tarde para dar marcha atrás–. Lo primero que haré cuando llegue a casa esta noche será verlo. Lo echo de menos cuando me separó de él unas pocas horas –confesó, intentando controlar sus emociones–. No me imagino lo que será estar sin él días enteros.

–Al principio será difícil, pero no vamos a ceñirnos al plan nada más casarnos –le agarró de la mano–. No te preocupes por nada, Camille. Lo decidiremos todo entre ambos, y tampoco es que podamos hacer mucho hasta que Noah crezca un poco. Además, parte del tiempo lo pasaremos viviendo bajo el mismo techo.

Camille sintió un escalofrío al pensar en el cambio que experimentaría su vida. Atrapada en una unión sin amor, pasaría parte del tiempo en el rancho de Marek.

Él le acarició la mano con el pulgar. Sus ojos no delataban ninguna emoción, pero tampoco tenía motivos para conmoverse. Todo aquello era idea suya, y lo único que debía ocultar era el deseo de convencerla para que colaborase.

–Asumámoslo, Camille. Nos sentimos atraídos el uno por el otro, y eso es una ventaja, lo mires por donde lo mires.

A Camille le dio un brinco el corazón.

–No sabía que te hubieras dado cuenta.

–Me di cuenta desde el día que te conocí

–admitió él–. Estoy seguro de que nos llevaremos bien –añadió con voz grave y profunda, como si se refiriera a una relación física–. Iremos paso a paso para que te acostumbres y veas que funciona. Cuando estemos en la misma ciudad viviremos en la misma casa y así no habrá ningún problema. En algún momento me gustaría tenerlo una semana al mes. Contigo se quedará las otras tres semanas, que es más de la mitad del tiempo. ¿Qué te parece? –se inclinó hacia delante, apoyando los codos en las rodillas. De nuevo parecía serio y formal, con el control de la situación en sus manos.

–En otoño estaré en Budapest. Durante esos meses no podrás tenerlo.

–He dicho en algún momento, no ahora. Hasta que Noah no tenga un año de edad, debe quedarse siempre contigo.

Camille sintió un inmenso alivio.

–¿Lo dices en serio?

–Completamente. Mientras estés en Nuevo México lo tendrás contigo todo el tiempo, porque es demasiado pequeño para estar sin ti. Iremos cambiando el programa a medida que crezca.

–No sabes el alivio que supone para mí. Intentaba imaginarme a mi hijo en Texas mientras yo estuviera en Santa Fe y ni siquiera podía soportar la idea. Es el mejor regalo de bodas que podías hacerme, Marek.

Él se echó a reír, mostrando un destello de sus blancos dientes.

–Creo que te alegras más por lo de Noah que por el anillo o por el dinero.

—Pues claro. Y deberías entender por qué.

—Debería haber llegado a esta conclusión desde el principio –dijo él sin perder la sonrisa, y Camille se sintió exultante de felicidad–. Quiero que Noah sea un Rangel, y espero que le guste el rancho tanto como le gustaba a Kern.

—Me gusta pensar que con todo esto le estoy dando a Noah una parte de su padre, pero me alivia saber que no estará en el rancho sin mí mientras sea pequeño. Aunque, si te soy sincera, en estos momentos no consigo imaginarme sin él ni siquiera cuando sea mayor.

—Nos ocuparemos de las estancias largas a su debido tiempo, y siempre poco a poco. Puedes venir de visita siempre que quieras, o yo puedo llevártelo si no quieres desplazarte.

Se quitó la corbata y se desabrochó el cuello de la camisa. Era tan atractivo que Camille tuvo que apartar la mirada y recordarse que no podía bajar la guardia. En su vida no había espacio para el amor, y Marek era el hombre menos indicado del que enamorarse.

—Tendrás que dejar tu apartamento y trasladarte a mi casa antes de la boda. Quiero que mañana eches un vistazo y elijas las habitaciones para ti, tus hermanas, el cuarto del niño, la sala de música…

—Todo esto me sobrepasa. Me siento como si estuviera atrapada en un torbellino.

Él sonrió, muy seguro de sí mismo.

—Estás atrapada en un matrimonio de conveniencia que creo que nos hará felices a ambos. Y yo me siento igual desde que entraste en mi vida.

Ella se echó a reír.

–No te creo. Te proteges de todo y de todos.

–Tú estás empezando a devolverme a la vida, lo quiera o no. Me gustaría que nos casáramos cuanto antes. Podemos hacerlo por todo lo alto en una gran iglesia o celebrar algo más discreto. Como tú prefieras. Quiero que sea una boda lo más real posible, por si acaso funciona y estamos juntos para siempre.

–¿Juntos para siempre? –repitió ella, sacudiendo la cabeza–. Eso sí que me parece del todo imposible. Alguno de los dos se acabará enamorando de otra persona.

–No podemos saber lo que pasará. ¿Qué tipo de boda prefieres?

–Dadas las circunstancias, prefiero una boda discreta con nuestras familias y algunos amigos íntimos.

–Lo que tú quieras. Grande o pequeña, todos los gastos correrán de mi cuenta. Me gustaría que nos casáramos antes de que te vayas a Nuevo México. Alquilaré o compraré una casa en Santa Fe este verano. Puedes elegirla a tu gusto y yo iré cuando quiera.

Por primera vez Camille fue consciente de hasta qué punto iba a tener a Marek en su vida.

–¿No te importa dejar el rancho?

–Preferiría estar en el rancho, pero Jess puede encargarse de todo en mi ausencia. Decidido, entonces. Una boda pequeña. ¿Qué te parece el último sábado de abril?

–¿Dentro de dos semanas? –se rio y negó con la

cabeza–. Es imposible, incluso para una boda pequeña. En estos momentos no tengo ninguna actuación, por lo que podríamos celebrarla antes de que actúe en Dallas y desde luego antes de que me vaya a Nuevo México. Pero dos semanas es demasiado pronto. Ni siquiera podría reservar la iglesia con tan poca antelación.

–Podemos casarnos en el rancho. Y recuerda que no debes preocuparte por los gastos –su tono era firme y decidido.

–¿Qué tal el segundo sábado de mayo?

–¿Y por qué no el primero? Te aseguro que se puede hacer.

Ella lo pensó un momento y asintió.

–Está bien. Si crees que es posible, nos casaremos en esa fecha.

–Sé que es posible.

–Ojalá tuviera tu seguridad. Tengo que buscar la iglesia, preparar a mis hermanas para que sean las damas de honor y no sé cuántas cosas más. Y tengo que llevarte a casa para presentarte a mi familia.

–Me parece bien. Son tus padres, aunque no se lo contaste todo y no han influido en tu decisión.

–No lo habrían entendido. Como tampoco entendieron que me dedicara a la ópera. Les gusta oírme cantar y están orgullosos de mí, pero habrían preferido que tuviera un trabajo normal y que viviera en Saint Louis.

–Se acostumbrarán a tu carrera. Estoy deseando conocerlos.

–Y también a mi hermano y a mi abuela. ¿Qué

pasa con tus padres? Me dijiste que no estabais muy unidos.

–Han dicho que vendrán en cuanto puedan. Mi madre odia volar, pero hará el viaje en avión de todos modos. Seguro que están aquí para la boda. También tenemos que pensar en la luna de miel.

–Una luna de miel no me parece lo más apropiado. Tenemos un acuerdo de negocios.

–Al contrario, es lo más apropiado para dar una imagen normal ante los demás. Además, podemos aprovechar esos días libres para conocernos. Puedes llevarte a Noah, si quieres. Aunque quizá sería mejor pasar tres o cuatro días sin él y sin ensayos ni clases para poder relajarte.

–Lo pensaré. Pero no más de tres días.

–¿Y qué te gustaría que hiciéramos esos tres días juntos?

–Bueno… Sería maravilloso ir a alguna playa tropical. Conozco gran parte de Europa y de Estados Unidos, pero nunca he estado en el Caribe.

–Hecho. Si hace buen tiempo las Islas Caimán serán el lugar idóneo. Nos casaremos el sábado, pasaremos dos días en una villa en Gran Caimán y luego volveremos a Texas. Y ahora, salgamos a celebrarlo –sin esperar respuesta se levantó, sacó el móvil del bolsillo e hizo una llamada para hacer una reserva para dos.

Capítulo Cinco

Una hora después estaban sentados en un club privado con unas vistas espectaculares de la ciudad. Pidieron la cena y Marek la sacó a bailar.

–Me gusta la idea de casarme y de ver crecer a Noah –le dijo él–. Espero que a ti también.

–Tengo sentimientos enfrentados, igual que mis hermanas. A todas nos preocupa separarnos de Noah.

–Es natural. Pero ya hemos acordado que las primeras veces serán muy breves.

–Dime, ¿a Jess y a tu hermana les parece una buena idea?

–A Jess sí, pero Ginny no está tan convencida. De hecho, estaba muy preocupada por mí, pero después de haber hablado está un poco más tranquila.

–A mí todavía me cuesta creerlo…

–Camille, si alguna vez te enamoras de otro, dímelo inmediatamente.

Ella lo miró a los ojos.

–Te lo diré si creo que necesitas saberlo.

–No, dímelo lo creas o no. No quiero retenerte si no eres feliz. Prométeme que me lo dirás.

–No. Lo siento pero en esto no vas a conven-

cerme. Te lo diré solo si creo que necesitas saberlo.

Él frunció el ceño y perdió la mirada a lo lejos.

–No me complace para nada esa respuesta.

–No pienses en ello. Esta noche no hay que preocuparse por lo que pueda pasar.

Sus miradas se sostuvieron intensamente.

–De acuerdo –aceptó él–, pero recuerda que he
intentado que me lo prometieras.

–Lo recordaré.

Al regresar a la mesa, el camarero les sirvió un
champán carísimo.

–Estamos celebrando que hayas aceptado –dijo
Marek.

–Enhorabuena –lo felicitó el camarero, y se volvió con una sonrisa hacia Camille–. Y a usted también, señorita.

–Gracias –respondió ella, riendo.

Marek levantó su copa.

–Por una próspera unión para ambos.

Brindaron y Camille tomó un pequeño sorbo
de champán. El corazón le latía con fuerza mientras miraba a Marek y sus sensuales labios. ¿Cómo
serían sus besos? ¿Llegaría a besarla de verdad
alguna vez?

Él se inclinó hacia delante y apartó un jarrón
de rosas del centro de la mesa para agarrarle la
mano.

–Estoy impaciente por nuestra escapada al Caribe y por estar a solas contigo para conocerte
mejor.

–Casi parece que me estás cortejando, Marek

–dijo ella, sintiendo un hormigueo por dentro. Marek le había prometido que la complacería en todo, menos en una cosa. Nunca podría entregarle su corazón.

Él se sacó una tarjeta del bolsillo de la camisa y se la tendió.

–Mañana iremos a este joyero. Después, te dejaré la limusina para que vayas a buscar tu vestido de novia. O si lo prefieres, puedes ir en avión a Nueva York para elegirlo.

–Seguro que encuentro un vestido en Dallas.

–Este joyero es muy bueno. Puedes encargarle el anillo de compromiso y la alianza que más te guste, y no te preocupes por el precio. Por eso iré contigo. Quiero asegurarme de que te gastes una cantidad acorde con la ocasión.

–No necesito un anillo de película.

–Quiero que tengas un anillo «de película» por casarte conmigo y hacerme partícipe de la vida de Noah. Kern querría que tuvieras un anillo espectacular. Lo discutiremos en la joyería, pero te advierto que no me conformaré con menos de un diamante de ocho quilates.

–Eso es excesivo y del todo innecesario, Marek. No es un anillo que represente nuestro amor.

–Representa mi gratitud –se inclinó más hacia ella, sin soltarla de la mano–. Si estuviéramos profundamente enamorados, yo me encargaría de elegir el anillo y te daría una sorpresa. Pero en estas circunstancias es mejor que lo elijas tú. Quiero que sea bonito y exagerado y que siempre te recuerde mi gratitud.

–Gracias –respondió ella, conmovida por el gran esfuerzo que estaba haciendo Marek por demostrarle su agradecimiento. Sintió un ligero remordimiento, porque sabía que si pudiera volver atrás, no le contaría nada de Noah.

Llegaría el día en que Noah le preguntara por su padre y ella tendría que decírselo, pero no siendo tan pequeño. Habría esperado a que estuviera en el colegio, por lo menos. Pero por otro lado el sentimiento de culpa habría sido aún mayor, porque en el fondo sabía que estaba haciendo lo mejor para Noah. Toda su vida se vería beneficiado por aquella unión.

Les sirvieron la carne, pero Camille había perdido el apetito. Solo podía pensar en los cambios que la aguardaban.

–Estás preocupada, ¿verdad? –observó él tras un rato de silencio.

–No puedo dejar de pensar en todos los planes que hemos hecho. Me había acostumbrado a un tipo de vida y de repente todo se vuelve del revés.

–¿Quieres bailar otra vez? ¿O prefieres volver a casa?

–La verdad es que prefiero irme a casa. Ha sido una noche llena de emociones.

Poco después estaban en la limusina de regreso a su casa.

–Si quieres llamarme durante la noche, a la hora que sea, hazlo. Y si tienes cualquier pregunta o preocupación dímelo.

–Gracias. Tengo muchas preguntas. ¿Funcionará? ¿Podré separarme de Noah? ¿Estará bien sin mí?

—Ojalá pudiera liberarte de tus preocupaciones, pero no puedo. No todo se arregla con dinero.

—Pero algo ayuda —dijo ella con una sonrisa.

—Si te dijera que he cambiado de idea y que voy a dejaros en paz a ti y a Noah, te sentirías enormemente aliviada, ¿verdad?

Camille se giró hacia la ventanilla e intentó contener las lágrimas. Marek tenía razón. Todos sus millones no significaban nada comparados con su presencia en la vida de Noah.

Hicieron el resto del trayecto en silencio. Marek la acompañó a la puerta y le puso las manos en los hombros al despedirse.

—Estoy muy contento de que hayas aceptado mi propuesta, Camille, y te prometo que haré todo lo posible para que tú y tus hermanas estéis bien. Estoy seguro de que funcionará.

—Eso espero. Lo que más me preocupa es el bienestar de Noah. Serás una buena influencia para él.

—Haré todo lo que esté en mi poder para que sea feliz —la miró fijamente con sus insondables ojos marrones—. Cuando nos casemos tendremos que besarnos en la iglesia, pero no quiero que ese sea nuestro primer beso —bajó la mirada a su boca y a Camille casi se le salió el corazón del pecho. Todo su cuerpo reaccionaba como si despertara de un letargo.

Él le rodeó la cintura con un brazo, la pegó a su cuerpo y ella apoyó ligeramente las manos en sus brazos. Con la respiración contenida, cerró los ojos y levantó el rostro para recibirlo.

Los labios de Marek se posaron sobre los suyos, suavemente al principio, y con más presión después, hasta que ella separó los labios y él le introdujo la lengua.

Al primer roce sintió que la relación cambiaba para siempre. Marek ya no sería más un recién conocido, sino el hombre extremadamente sexy con el que iniciaba una relación íntima. Él la besó lenta y deliberadamente mientras la apretaba contra su cuerpo, haciéndole sentir la dureza de su poderosa musculatura, y Camille lo besó a su vez y se abandonó al torrente de sensaciones que la arrastraban al abismo. Inconscientemente, le echó un brazo alrededor del cuello. Pero entonces se percató de lo que estaba haciendo y se apartó, jadeando en busca de aliento.

–Ya nos hemos besado –susurró, aturdida por el beso. Apasionado, ardiente y posesivo.

Él la miró impasible y en silencio.

–Buenas noches, Marek.

–Mañana cenaremos juntos para ultimar los planes y llamar a todo el mundo. Estoy muy contento, Camille –le dijo con una sonrisa, y se giró para volver a la limusina mientras ella entraba en casa con el corazón desbocado.

El beso la había dejado completamente aturdida y ardiendo en llamas. ¿Cómo podría vivir así? ¿Cuánto tiempo sería solamente un matrimonio de conveniencia? No solo tendría que renunciar a Noah parte del tiempo, sino que corría el peligro de enamorarse de Marek y complicarse definitivamente la vida. Desde el principio había conocido los riesgos, pero los había asumido sin darles mucha importancia. El beso lo había cambiado todo.

—Me ha parecido oírte —dijo Ashley, saliendo del salón. Llevaba un pijama turquesa y una bata a juego.

—Voy a casarme con él —declaró Camille—. He aceptado.

Ashley sacudió la cabeza.

—Espero que sepas lo que haces. Yo estaré con Noah, pero tú no.

—Al principio estaré con él más de lo que pensaba. Y con ese dinero podrás ir a la universidad, tal vez el próximo otoño. Encontraremos a otra niñera.

—Vayamos paso a paso. Será un cambio muy grande para toda la familia.

—¿Dónde está Stephanie?

—Aquí —dijo ella, entrando en el vestíbulo—. He oído que has aceptado.

—Saldré con él mañana por la noche y llamaremos a nuestros padres para anunciarlo oficialmente.

Ashley se acercó a ella y la abrazó.

—Rezo por que todo funcione.

—Tiene que funcionar. No perderemos a Noah, él ganará un padre y todas saldremos beneficiadas.

—Económicamente hablando desde luego —dijo Stephanie—. Creo que esta noche ninguna podrá dormir. Ve a cambiarte y mientras Ashley y yo preparamos un chocolate caliente. Así podrás contarnos tus planes y tal vez podamos ayudarte en algo.

–Gracias, Steph –respondió Camille, contenta de que su hermana empezara a aceptar a Marek y la situación–. Voy a necesitar ayuda. Tenemos que organizar una boda en tres semanas.

–La primera vez que lo vi creí que no quería volver a verlo –le confesó Stephanie–. Pero ahora solo puedo pensar en lo positivo que será para Noah y para todos. Venga, ve a cambiarte para que podamos hablar.

–Enseguida estoy lista –dijo Camille. Pero mientras se cambiaba no hacía más que pensar en el beso, y se preguntaba si Marek había sentido lo mismo.

Al llegar a casa, Marek se quitó la chaqueta y la corbata y se desabrochó la camisa mientras se sentaba junto a la mesa de su dormitorio. Pensó en Noah y las sensaciones que experimentaba al abrazarlo y mirarlo a sus vivaces ojos. Quería a aquel niño como si fuera su propio hijo y se imaginaba lo que Camille debía de sentir.

Dejó el bolígrafo y se recostó en la silla para pensar en ella y en el beso. La respuesta de Camille le había provocado una reacción sorprendente, porque por primera vez desde que perdió a Jillian volvía a sentir deseo por una mujer. Aquel beso era la prueba de que podían entenderse muy bien, al menos en el aspecto sexual. En cuanto al matrimonio, y a pesar de haberse mostrado optimista con Camille, albergaba tantas dudas como ella.

Hasta esa noche había considerado el matrimonio como una solución para estar con Noah, pero después del beso ya no lo veía igual. La química sexual era innegable entre ambos.

¿Se enamoraría de Camille? No volvería a enamorarse nunca más. Estaba completamente seguro. Pero el deseo sexual era otra cosa… Y como Camille tampoco quería enamorarse, estando exclusivamente comprometida con Noah y su carrera, no habría ningún peligro para explorar juntos los aspectos más íntimos de la relación.

Respiró hondo y agarró de nuevo el bolígrafo para empezar la lista de todo lo que debía hacer en los próximos días, pero a los pocos minutos estaba otra vez pensando en el beso y fantaseando con hacerle el amor a Camille. Hizo un esfuerzo por concentrarse y se fijó en la foto que mostraba a su hermano Kern, sonriente, junto a su caballo favorito.

–Hermano, ojalá pudieras ver a tu hijo. Es un niño estupendo. Siempre está contento y tiene tu misma mirada. De mayor será igual que tú –sentía un nudo en la garganta–. Al menos llegaste a saber de él. Supongo que estabas pensando en casarte con Camille y que no tenías ninguna duda de que podrías convencerla. Siento que las cosas no salieran como querías, Kern, pero te prometo que haré lo que sea mejor para Noah.

Dos semanas después Marek recibió una llamada de su hermana.

–Mamá y papá están muy preocupados por ti.

–Pues que no te preocupen a ti. La prueba de paternidad demostró que Noah es el hijo de Kern. Voy a hacer lo que quiero hacer, y creo firmemente que saldrá bien. Te veré esta noche en la fiesta –aquella noche iban a celebrar la fiesta de compromiso en el club de sus padres.

–Está bien, hermano. Solo quiero que seas feliz. Noah es un niño adorable y se parece mucho a Kern.

Colgó y se fue al corral, pensando en la boda. Estaba convencido de que no volvería a amar a una mujer. El amor era peligroso y jamás podría superar el dolor por la muerte de Jillian. Pero eso no le impedía desear a Camille. Ella lo sabía y no se esperaba otra cosa de él. Los dos eran plenamente conscientes de que el amor no entraba para nada en su relación. Pero sí que estaba decidido a tenerla en su cama.

Excitado por la perspectiva de hacer el amor con ella, miró el reloj y contó las horas que faltaban para verla.

Ataviada con un vestido blanco de seda a medida, con una falda por debajo de las rodillas, Camille esperaba para recorrer el pasillo de una pequeña capilla en la iglesia de Saint Louis a la que había acudido toda su vida. Su padre la llevaba del brazo y le sonreía.

–Estás preciosa. Espero que seas muy feliz.

–Lo seré, papá –respondió ella, viendo avanzar a Ashley por el pasillo.

–Esto no es lo que tu madre y yo esperábamos de tu futuro, pero si es lo que quieres, a nosotros nos parece bien, siempre que estés segura de que no lo haces por el dinero.

–Por supuesto que no. El dinero es una ventaja, pero he intentado que no influya en mi decisión. Esto es por Noah.

–Espero que lo digas en serio, Camille. Y si no funciona, sepárate sin dudarlo –le aconsejó Anthony–. Tendrás dinero de sobra para invertir y no tendrás ni que tocarlo. Quédate con los intereses y deja el resto por si tienes que devolvérselo a Marek.

–Lo sé, papá –miró al hombre alto y atractivo que la esperaba en el altar y que muy pronto sería su marido–. Marek y yo creemos que funcionará.

–El dinero es una bendición para ti y para todos nosotros. Cambiará nuestras vidas a mejor, pero no quiero que sea a costa de tu felicidad.

–No lo será. No me quedaré atrapada en una relación si no soy feliz, o si no lo es Noah –la idea de casarse seguía deslumbrándola tanto como el anillo que llevaba en el dedo. Bajó la mirada a la mano que sostenía el gran ramo de orquídeas blancas, azucenas y rosas blancas. El anillo de oro con un diamante de ocho quilates rodeado de zafiros destellaba en su dedo.

Las contradicciones en la boda eran tan numerosas como la personalidad de Marek. Una ceremonia discreta, un enorme ramo, un anillo espectacular y una luna de miel para dos personas que casi no se conocían. Volvió a mirar a Marek y se le aceleraron los latidos. Jess era el padrino porque Pete Rangel, el padre de Marek, había rehusado serlo a causa de las muletas.

–Es la hora –anunció la organizadora, y Camille echó a andar por el pasillo del brazo de su padre. Al acercarse a Marek reconoció la seria expresión de su rostro. Estaba luchando contra sus emociones y pensando en la novia con quien no había podido casarse.

Se compadeció de él y deseó aliviar su dolor, pero sabía que nadie podría hacerlo. Marek se echó a un lado y la tomó de la mano sin que sus ojos delataran emoción alguna. Le sonrió, pero era una sonrisa forzada, y Camille pronunció los votos siendo consciente del enorme riesgo que corría.

–Puedes besar a la novia –dijo finalmente el sacerdote.

El beso fue casto y ligero, pero Camille se consoló con el brillo que apareció en los ojos de Marek al mirarla.

Se volvieron hacia los invitados para que el sacerdote los presentara como el señor y la señora Rangel. Los padres de Camille le sonrieron y su madre se secó los ojos. Los padres de Marek también sonrieron, y también la madre de Marek lloraba de emoción.

Marek la tomó del brazo para salir de la iglesia y Camille sonrió con alivio porque la ceremonia hubiera acabado.

A pesar de ser una boda sencilla habían asistido más invitados de los que en un principio se esperaban. Se prodigaron los saludos y felicitaciones, y Camille no estuvo a solas con su marido hasta que dio comienzo el primer baile.

–Estás preciosa –le dijo él. Su sonrisa seguía siendo forzada y la tensión se adivinaba en su rostro.

–Gracias. Tú también estás muy guapo, y estás consiguiendo ocultar tu dolor.

–Estoy bien, y tú pareces tan tranquila como una mañana de verano. Claro que estarás acostumbrada a salir al escenario y ocultar lo que sientes.

–He tomado una decisión y espero que sea para bien. Noah se ha portado hoy mejor que nunca, como si presintiera que está pasando algo especial.

La sonrisa de Marek pareció más natural y Camille se relajó un poco.

–A lo mejor algún día volvemos a bailar y te guste que sea yo a quien tengas en brazos.

–Me siento muy feliz por esto, Camille. Tú has hecho que empiece a superar el dolor, y creo que esta unión va a ser maravillosa para ambos.

–Yo también lo espero. Y gracias otra vez por el anillo. Es precioso.

–Me alegro de que te guste. Espero que podamos acabar pronto y marcharnos. Estoy impaciente por estar a solas contigo –siguieron moviéndose en círculos por la pista de baile–. Te quiero para mí solo.

–Recuerda que debemos ir despacio, Marek. No quiero precipitarme en el tema sexual.

–Ya hemos acordado que será cuando ambos

queramos –acercó la boca a su oído–. Voy a seducirte, Camille. Quiero hacer el amor contigo. Eres una mujer muy apetecible –sus sensuales palabras le provocaron un hormigueo a Camille, aunque seguramente Marek solo intentaba suavizar la falta de sentimientos más profundos entre ellos.

Dio comienzo otra balada y el padre de Camille se acercó para bailar con ella, dejando que Marek hiciera lo propio con su madre.

Un rato después, estando Camille sentada en una mesa con su familia, Marek la miró y luego miró hacia la puerta.

–Creo que ya nos vamos –dijo. Les dio un abrazo a cada uno y se detuvo un momento con Ashley. Noah dormía en su carrito a su lado–. Avísame con lo que sea. En cualquier momento.

–Tranquila, Noah estará perfectamente.

–Ten mucho cuidado, Ashley. Y llámame si ocurre algo. Marek nos traerá enseguida si es preciso.

–Lo sé. Nos veremos dentro de unos días. Disfruta del mar y las palmeras. Y de tu guapísimo marido.

Camille se echó a reír y volvió a abrazarla.

–Lo haré.

Capítulo Seis

En el avión privado que los llevaba a Texas, Marek miraba por la ventanilla mientras pensaba en Noah. Ya tenía a un abogado ocupándose de la adopción. Pero la boda había reabierto las viejas heridas por la muerte de Jillian, y solo la comprensión y el discreto entusiasmo de Camille habían conseguido animarlo ligeramente.

–Ha sido un buen día –comentó ella, y él asintió.

La noche de bodas, sin embargo, dejaría mucho que desear. Pero habían sido muy francos el uno con el otro y habían acordado que esperarían para iniciar una relación sexual, por más que Marek deseara hacer el amor con ella esa misma noche.

Se fijó en el anillo de Camille. Era de oro, ancho y sencillo. Lo tocó y vio el rostro de Jillian ante él, con su larga melena rubia, sus grandes ojos azul verdosos y su permanente sonrisa. Respiró profundamente. La echaba de menos y debería haber sido ella la que estuviera sentada a su lado de camino a su luna de miel. En vez de eso estaba viajando con una preciosa mujer morena a la que apenas conocía.

–Estás pensando en Jillian, ¿verdad? –le preguntó Camille amablemente, tocándole la mano.

–Sí. La boda me ha traído muchos recuerdos y no he podido evitarlo. Lo siento.

–No seas tonto. Lo entiendo.

–Me sorprende que lo entiendas. Nunca has perdido a nadie cercano.

–No, pero he interpretado a muchos personajes que se lamentaban por la pérdida de sus seres queridos, y para meterme en el papel he tenido que estudiar a fondo sus sentimientos y reacciones.

–Puede que sea parte de tu éxito –comentó él–. Me pregunto si Noah cantará en el futuro. Kern sabía silbar. Era su único talento musical –sonrió–. Cuando se atrevía a cantar, los perros se ponían a aullar.

Ella se rio, cautivándolo con su contagiosa risa. No solo era hermosa, sino encantadora.

–Deberías haberte reído más hoy –observó él.

–Lo estoy haciendo ahora, ¿no? Nunca he pensado en que Noah se dedique al canto. Ahora mismo lo que más me interesa es que hable. ¿Crees que tu familia lo aceptará alguna vez, o a mí?

–Si seguimos juntos os acabarán aceptando. La verdad es que no me esperaba una reacción como la de hoy. Creo que mi madre tiene miedo. Quería mucho a Kern, a Ginny y a mí siempre nos pareció que era su favorito. Kern se dejaba querer mucho más que nosotros y se ganaba a cualquiera con su encanto. Creo que mi madre tiene miedo de volver a sufrir si se encariña demasiado con Noah. Para cuando volvamos ya se habrán marchado a

California y no los verás hasta dentro de mucho tiempo.

–Lamento que no hayan aceptado a Noah desde un principio. Saben que has hecho una prueba de paternidad, ¿no?

–Sí, lo saben –afirmó Marek. No entendía cómo sus padres podían rechazar al hijo de Kern sabiendo que era su nieto–. No te preocupes. Si han evitado a Noah es para no encariñarse con él. Tarde o temprano tendrán que aceptarlo, especialmente cuando nos reunamos toda la familia. ¿Cómo van a resistirse ante un niño así?

–Es el niño más adorable del mundo –corroboró ella con una sonrisa, y Marek también sonrió–. ¡Al fin te he hecho sonreír! Estupendo. Una sonrisa de verdad –le dio una palmadita en la mano–. Bueno, al menos mi familia te ha aceptado. La verdad es que están muy agradecidos por lo que has hecho.

Marek le quitó una horquilla del pelo.

–Me gusta que lleves el pelo suelto. La boda ha terminado y estamos los dos solos.

Ella volvió a sonreírle mientras su negra melena le caía por los hombros y enmarcaba su rostro, confiriéndole una imagen más sencilla y natural.

–¿Kern y tú estuvisteis siempre unidos?

–Sí. Me seguía a todas partes y yo no tenía más remedio que aguantarlo, aunque a veces era un auténtico incordio. En el instituto empezamos a hacer más cosas juntos, y al hacernos adultos la diferencia de edad dejó de importar. Lo echo terriblemente de menos. Contaba con él para todo.

–La misma relación que tengo yo con Ashley. Con Stephanie no tanto. Es mayor que yo y casi siempre va a lo suyo. Valora muchísimo el dinero, por lo que no podrías haber escogido una forma más inteligente de ganártela.

–Funciona con casi todo el mundo –replicó él con sarcasmo.

–Conmigo no habría funcionado si no hubiera sabido que era lo mejor para Noah –declaró ella.

–Lo sé –corroboró él, y los dos se quedaron en silencio un rato.

–Estoy deseando llegar.

–Llegaremos a tiempo para darnos un baño, y luego cenaremos bajo las palmeras.

Cuando sobrevolaron la isla, Camille se entusiasmó tanto como una niña ante la vista del reluciente mar tropical.

–¡Es precioso, Marek! Justo como me imaginaba.

–Camille, estás harta de ver sitios así, Houston, San Diego, Miami…

–Solo Houston. He estado en las costas del norte y en Europa, pero no conozco Miami ni San Diego.

Aterrizaron y Camille no dejó de mirar a su alrededor mientras se dirigían hacia la villa que Marek había alquilado. Era una lujosa propiedad privada, con altos muros y un portero. Marek había contratado una empresa de seguridad y sabía que todas las medidas estaban activadas.

–Me encanta –dijo ella al bajarse del coche, aspirando profundamente mientras miraba a su alrededor–. Veo que estaremos protegidos.

–La seguridad y el personal doméstico no nos molestarán. No tenía sentido prescindir de ellos.

–Es un lugar mágico y puede que ocurra algo mágico.

–Creo que te has pasado mucho tiempo en los escenarios –dijo él, divertido por su entusiasmo–. No esperes tanto. Sé que has estado en lugares mucho más bonitos y exóticos que este.

–Es lo que aviva tu imaginación lo que lo hace tan especial. Y este lugar aviva la mía mucho más que los castillos, las montañas y las grandes ciudades.

Marek la levantó en brazos y Camille lo miró con ojos muy abiertos. Era la primera vez desde que salieron de Estados Unidos que conseguía tener toda su atención.

–Voy a seguir la tradición aunque nos parezca absurda. Seguramente este sea el único matrimonio que tengamos en nuestras vidas, y quiero hacer todo lo necesario para hacerte feliz.

Ella esbozó una radiante sonrisa y le rodeó el cuello con los brazos, hechizándolo con sus impresionantes ojos azules.

–Cuidado, esposo mío, o harás que me enamore de ti. Y eso no sería conveniente para ninguno de los dos.

–No creo que haya tanto riesgo. Pero si te enamoras, estamos casados.

–Si me enamoro, haré todo lo posible para que

tú también te enamores de mí –susurró, muy seria–. Te lo prometo.

Marek la llevó al interior y la miró intensamente, sintiendo el mismo deseo que lo había impulsado a besarla la otra noche. Sin dejar de mirarla, la puso en el suelo. Ella seguía abrazada a su cuello y sus ojos ardían de promesa y pasión. Marek bajó la mirada a su boca y se olvidó de todo salvo del beso. Agachó la cabeza y pegó los labios a los suyos.

Ella apretó el brazo en torno a su cuello y se presionó contra él. Apenas sus bocas entraron en contacto un deseo salvaje barrió el sentido común. Los sentimientos largamente dormidos afloraron con fuerza, su cuerpo volvió a la vida y se vio consumido por un fuego descontrolado.

La energía y el entusiasmo que Camille exhibía en todas las facetas de su vida se canalizaron en una pasión que arrastraba a Marek al delirio. Lo último que se esperaba era que ella se separase.

–Marek, espera –jadeó–. No compliquemos más las cosas. No estoy preparada para una relación sexual a pesar de habernos casado. Lo habíamos acordado.

Él levantó la cabeza e intentó recuperar el aliento. Necesitaba enfriar los ánimos y el cuerpo, pero deseaba enloquecedoramente a Camille y tenía el presentimiento de que haría falta muy poco para derribar sus defensas.

–Quiero esperar, y si seguimos besándonos acabaremos haciendo el amor –dijo ella–. Esto no es lo que habíamos planeado.

Camille intentó respirar con normalidad, pero el corazón le latía frenético y tenía los nervios a flor de piel. Por más que deseara a Marek tenía que mantenerse firme en su postura.

Tarde o temprano Marek superaría su dolor y la desearía sexualmente, pero no sería más que atracción y deseo. Si Camille estaba condenada a sucumbir, no sería el primer día de casados, cuando no los unía otra cosa que un matrimonio de conveniencia por el bien de Noah.

Tenía que mantenerse firme en su postura aunque el cuerpo le pidiese otra cosa. Quería recibir los besos de Marek y quería que le hiciera el amor, pero el sentido común le recordaba que hacerlo tan pronto tendría consecuencias nefastas. Si iban a acostarse juntos quería que la viera como una mujer deseable, que recordara que era su esposa, que la deseara de verdad y que la conociera mejor de lo que la conocía actualmente.

Marek respiraba agitado y la miraba con ojos ardientes, como si estuviera dispuesto a devorarla. Era imposible saber si estaba sopesando los argumentos de Camille o intentando sofocar el deseo.

Camille se apartó de él y contempló el espacioso salón que tenía ante ella.

—Es fantástico —declaró, intentando concentrarse en otra cosa—. Mucho más de lo que había imaginado —unas columnas dividían el salón de un comedor con paredes de cristal, ofreciendo una sugerente vista de la piscina, las fuentes del jardín y la paradisiaca playa de arena blanca y aguas cristalinas. Las palmeras crecían junto a la orilla y llegaban hasta el porche.

Camille salió al exterior y se llenó los pulmones con la fragancia tropical.

—Es precioso —se giró hacia Marek y lo encontró mirándola intensamente. ¿Estaría pensando en el matrimonio y lo que significaba?—. Es perfecto, Marek. No voy a querer marcharme de aquí.

—Claro que querrás marcharte. Echarás de menos a Noah y tus clases de canto. De todos modos, me alegra que te guste. ¿Quieres que nos demos un baño o prefieres que nos quedemos aquí a tomar una copa antes de cenar?

—Definitivamente un baño. Necesito refrescarme un poco. Voy a cambiarme.

Marek la estaba esperando cuando salió al jardín con una camiseta rosa que la cubría hasta la mitad del muslo. Él llevaba un bañador liso y Camille se quedó unos segundos admirando su poderosa musculatura, salpicada de una fina capa de vello oscuro, y sus largas y fuertes piernas. Dejó caer sus cosas y se quitó la camiseta, consciente de que él también la miraba.

—Te echo una carrera —lo retó, y salió corriendo hacia el agua. Marek la alcanzó sin dificultad y dio unas cuantas brazadas antes de detenerse.

—Nadas muy bien —la alabó cuando ella llegó a su lado.

—No tanto como tú.

—Hace tiempo participaba en campeonatos.

–Entonces, no volveré a desafiarte.

–Lo haces a menudo –observó él.

Estaba flirteando con ella.

–No creí que te dieras cuenta.

–No soy tan insensible como crees.

–¿Seguro? –le arrojó un chorro de agua a la cara y huyó velozmente a nado, pero Marek la alcanzó en pocas brazadas y la agarró del brazo.

–¿Ves aquella boya? –le señaló una boya naranja que se mecía suavemente sobre las olas–. Me han dicho que es lo más lejos que podemos nadar. A partir de ahí, las corrientes son peligrosas.

Camille miró hacia la playa y se sorprendió de lo lejos que habían llegado.

–Nunca había visto un mar tan azul.

–Es ideal para bucear. Tengo el equipo en la playa.

–En ese caso, te echo otra carrera hasta la playa –empezó a nadar vigorosamente y Marek le concedió unos metros de ventaja, pero cuando salió del agua él ya la estaba esperando y le recorría el cuerpo con una mirada tan sensual como una caricia. Camille se estremeció de la cabeza a los pies y se sintió desnuda con su diminuto biquini rojo–. ¿Y el equipo de buceo?

–¿Por qué no nos quedamos aquí y disfrutamos de la vista? –le propuso él sin dejar de mirarla.

–No sería muy conveniente… Ya lo hemos hablado antes –intentó mantener la mirada fija en el rostro de Marek, pero su cuerpo era demasiado sugerente–. ¿Dónde has puesto el equipo, Marek?

–Ahora mismo estoy mirando el mejor equipo

que hay en la playa –repuso él, acercándose–. Eres preciosa. No puedo dejar de mirarte.

–Sí, claro que puedes. O hacemos submarinismo o voy adentro y me visto.

Él le puso las manos en los hombros, abrasándole la piel como un hierro candente. Estaban a escasos centímetros de distancia, los dos casi desnudos, y Camille no podía cumplir con la amenaza de marcharse, especialmente cuando Marek le deslizó el brazo alrededor de la cintura.

–Tú me estás devolviendo a la vida, algo que no creía posible.

–Me alegro –murmuró ella sin apenas darse cuenta de lo que decía. El tacto y la mirada de Marek hacían estragos en su determinación.

–Por primera vez desde hace más de un año me siento vivo –le confesó él, y acercó sus cuerpos para besarla, introduciéndole la lengua lenta e implacablemente.

Ella le deslizó las manos por la espalda, se apretó contra él y sintió su erección. Incapaz de resistirse, apretó los brazos y lo besó con una pasión desatada, sabiendo que acababan de cruzar una línea.

Después de aquello no volvería a haber besos castos en la mejilla. Cerró los ojos con fuerza y se deleitó con la sensación de sus fuertes músculos y arrebatadora virilidad mientras él le recorría el trasero y los muslos con las manos.

Finalmente, y haciendo un enorme esfuerzo, logró separarse.

–Despacio, Marek, o la situación se nos escapará de las manos –Marek jadeaba y la miraba con tanto deseo que Camille dio un paso atrás para no ceder a la tentación–. Volvamos al agua –pasó junto a él y se metió en el mar para enfriarse y poner algo de distancia entre ellos. Sus vidas acababan de dar otro giro dramático. ¿Se les habría escapado ya la situación de las manos?

Marek le enseñó a ponerse las gafas y el tubo. El roce de sus manos la excitaba cada vez más, minando su resistencia y avivando un deseo enloquecedor.

El fascinante fondo marino la ayudó a distraerse durante un buen rato, contemplando los peces de colores y los arrecifes de coral, hasta que Marek le tiró del brazo y le hizo un gesto para emerger.

–Es más tarde de lo que crees –le dijo al volver a la playa–. Vamos a cenar para que el personal pueda irse pronto.

–Claro. Me ha encantado. Quiero volver a hacerlo por la mañana.

–Puedes hacerlo todo el día, si quieres. A los peces no les importará.

–¿Cuándo viniste aquí por primera vez?

–Nunca había estado en esta villa, pero la primera vez que vine a las Caimán debía de tener cinco o seis años.

–Ya lo has hecho todo en la vida. No me extraña que nada te entusiasme.

–Pues claro que hay cosas que me entusiasman –replicó él con un tono de voz malicioso.

–No te voy a preguntar qué…

–Quién, no qué. Y ya sabes la respuesta.

Camille se puso la camiseta y recogió sus cosas.

–Voy a cambiarme y enseguida vuelvo.

Marek se echó una toalla al hombro y entró tras ella.

Camille se duchó y se puso un vestido azul y unas sandalias, dejándose el pelo suelto. Al salir, se encontró a Marek sentado tranquilamente a la mesa. Se había puesto unos pantalones chinos y un polo azul marino. Una botella de champán se enfriaba en un cubo con hielo, y Marek había servido dos copas. Le ofreció una a Camille y él levantó la otra.

–Por una unión feliz y dichosa –brindaron y Camille contempló el mar–. Siéntate, Camille. Tomaremos una copa antes de cenar.

Ella se sentó en una tumbona y Marek ocupó otra a su lado.

–Este lugar es una maravilla, Marek. Me lo estoy pasando muy bien.

–Me alegro –dijo él, mirando el mar. Su voz grave y su expresión distante indicaban que estaba pensando en su difunta novia–. Estos son los momentos más duros del día. El crepúsculo, cuando el sol se ha puesto y aún no se ha hecho de noche –hablaba como si estuviera solo mientras miraba a lo lejos, al sol que empezaba a ocultarse en el horizonte.

Camille no sabía qué decir ni cómo ayudarlo. Marek estaba sumido en sus traumas y su dolor era comprensible, pero aquel día al menos le había permitido vislumbrar al hombre alegre y animado que había sido antes de la tragedia.

–¿Qué quieres de la vida, Marek? ¿Qué te queda por conseguir después de haber triunfado en los negocios y tener el rancho de tus sueños?

–Quiero ser un padre para Noah.

–Y aparte de eso, ¿qué objetivos tienes?

–Ayudar a los demás. Participo activamente en varias obras benéficas y he montado un rancho para niños sin hogar, no lejos de Fort Worth.

–Eso es genial –dijo ella, sorprendida por lo que le había contado.

–¿Tanto te extraña que ayude a los menos favorecidos?

–No, me sorprende ese proyecto en particular.

–Solo puse el dinero y los ayudé a establecerse, pero de vez en cuando me gusta trabajar con ellos. El año pasado participé en varios rodeos y hasta gané algunos premios. Me ayuda a no pensar. ¿Te gustan los rodeos?

–Sé tanto de rodeos como tú de ópera.

–Puede que tengan algo en común. O te encantan o te horrorizan.

Ella sonrió y sacudió la cabeza.

–Rodeos y ópera… No creo que puedas juntarlos.

–Te llevaré a ver alguno. Dentro de poco se celebrará uno en Nuevo México.

Siguieron charlando hasta que les sirvieron un delicioso mero a la parrilla. La conversación se hizo más superficial y Camille se sintió mejor por él. El personal era discreto y eficiente, y después de cenar se ocupó de recoger la mesa mientras ellos se desplazaron a otra zona del porche. Casi había oscurecido y las luces del porche estaban encendidas, al igual que varias antorchas en la playa.

—Supongo que Jess se ocupa del rancho cuando no estás —dijo ella.

—Jess se ocupa del rancho cuando estoy y cuando no estoy.

—Parece un hombre que se aísla del mundo. O quizá solo sea de carácter tranquilo y reservado. ¿Está casado?

—No. Y se aísla del mundo hasta cierto punto. Tenía mujer y un hijo, pero los dos murieron en un accidente de coche hace años. Si hay alguien que entienda como me he sentido es Jess. Nunca volvió a casarse y lleva una vida solitaria, pero está contento así. Nos entendemos muy bien y puedo contar con él para todo.

—Es terrible que los dos perdierais a vuestros seres queridos.

—No fue necesario que me dijera nada. Simplemente estuvo a mi lado y eso me ayudó enormemente. Después del accidente venía a veces a casa por la noche y traía unas cervezas. Nos sentábamos en el porche, bebíamos y apenas intercambiábamos tres palabras en toda la noche.

—Me alegra que tuvieras a alguien para apoyarte.

—Jess está a favor de este matrimonio y de tener a Noah en nuestras vidas.

—Nunca sabes los problemas que pueden arrastrar los demás —dijo ella—. He sido muy afortunada.

–Cuando volvamos llevaremos tus cosas al rancho, y las de Ashley y Noah.

–Noah creciendo como un pequeño vaquero... Me parece imposible.

–Es posible. Te conseguiré un caballo para que montes conmigo por las mañanas, si quieres. Esta época del año es la mejor para dar paseos por los alrededores del rancho.

Ella se echó a reír.

–No sé nada de caballos, pero me encantaría aprender.

Hablaron un rato más y Camille dijo que se retiraría a dormir.

–¿Por qué no damos antes un paseo por la playa? –le propuso él–. Hay luna llena y creo que te gustará. No es algo que puedas hacer en casa.

Caminaron relajadamente por la playa, donde las antorchas proyectaban reflejos anaranjados sobre las olas. De vuelta a la villa, ella se giró hacia él en la puerta de su habitación.

–Es una noche de bodas muy extraña, Camille, te estás privando de muchas cosas.

–No, de eso nada. Estoy recibiendo mucho de este matrimonio. Y espero recibir más.

–¿Más? –repitió él con una ceja arqueada–. No esperes que me enamore. Es verdad que estoy superando el dolor, pero nunca... –no pudo seguir hablando porque ella le puso un dedo en la boca.

–No me refería a eso, pero también. No puedes saber lo que te deparará el futuro. Espero que seas un buen padre para Noah. Gracias a este matrimonio mi familia puede hacer lo que siempre ha soñado.

–Lo ves todo color de rosa.

–Tal vez, pero así es todo más bonito –se puso de puntillas y lo besó en la boca. Quería derribar las barreras que protegían su corazón y sacarlo de su encierro, pero aunque fue ella la que comenzó el beso, fue él quien la rodeó por la cintura y la agarró por el pelo, olvidándose de toda precaución y provocándole una reacción salvaje.

Cuando la levantó para llevarla al dormitorio, ella se dio cuenta de que se encaminaban a una noche de bodas muy real.

–Espera, Marek.

–Has empezado tú –protestó él, pero la dejó otra vez en el suelo.

–Tenemos que parar. Por extraña que sea, esta noche de bodas ha sido más de lo que esperábamos. No quiero precipitarme en buscar complicaciones.

–Creo que las complicaciones ya nos han encontrado, y parte de la culpa la tienes tú por ser tan irresistible y vivir la vida con tanto entusiasmo.

–No me arrepiento de nada –susurró ella, y vio un destello en los ojos de Marek–. He tenido una boda maravillosa. Tal vez no haya sido lo que hubiéramos tenido de haberlo hecho por amor, pero no me puedo quejar.

–Estoy de acuerdo. Gracias. Me ha gustado vivirlo contigo.

–¿Estarás bien esta noche?

–No lo sé. ¿Quieres quedarte conmigo y tenerme agarrado de la mano? –le preguntó con una pícara sonrisa.

Ella se rio.

–Buen intento, pero esta noche no. Seguro que estarás bien. Mañana nos daremos un baño al amanecer.

–De acuerdo. ¿Quieres que vaya a sacarte de la cama?

–Otro buen intento, pero no. Me levantaré temprano. Y seguro que tú también, como buen ranchero. Si no lo haces, me iré sin ti.

–¿Y perderme tu imagen en biquini? Ni hablar.

Ella volvió a reírse.

–Buenas noches, Marek –él la agarró, la sujetó con fuerza para besarla y la soltó bruscamente.

–Llegará una noche, Camille, en la que no me dirás que espere.

–Asegúrate de quererlo de verdad –susurró ella con el corazón desbocado.

–Lo mismo digo –repuso él, y se marchó a su habitación.

Capítulo Siete

Los dos días siguientes se los pasaron nadando, comiendo, bailando y conociéndose el uno al otro. Y Camille sentía una emoción y una tensión cada vez mayores.

La última noche fueron a la ciudad a ver un espectáculo y después a un bar muy popular. Estaba atestado de gente y bailaban como locos bajo las luces estroboscópicas. Marek se desabotonó la camisa de manga corta y se dejó llevar por el animado ambiente tras un mes lleno de tensión y recuerdos dolorosos.

Se relajó y disfrutó con el baile. Después, la pista se despejó para que los más valientes se atrevieran con el limbo, vitoreados por el resto.

Marek también se animó a participar. La música era ensordecedora y Marek se concentró en pasar por debajo de la vara. Después de superar fácilmente el primer intento bajaron la vara y Marek volvió a conseguirlo. Le sonrió a Camille mientras todos aplaudían y animaban. Bajaron más la vara y de nuevo lo consiguió, recibiendo una tremenda ovación.

Empapado de sudor, siguió intentándolo y consiguió pasar más bajo que el resto de aficionados, hasta que perdió el equilibrio y apoyó la mano en el suelo. Se puso en pie de un salto y saludó con una reverencia a la entusiasmada multitud.

–No sabía que tuvieras tanto talento –le gritó Camille. Él la llevó a la barra y el camarero le sirvió una cerveza fría acompañada de una efusiva enhorabuena.

–Invita la casa.

Marek tomó un largo trago y Camille lo miró riendo. Después de que la bailarina profesional bajase la vara hasta el límite, empezó a sonar una samba y Marek sacó a Camille a bailar. Ya sabía que era una bailarina excelente, pero descubrió que se sincronizaban a la perfección. Camille llevaba un vestido rojo sin mangas, ceñido al torso y con una falda vaporosa, y cada vez que se giraba atraía las miradas de todos a sus esbeltas piernas. Estuvieron moviéndose al unísono como si llevaran practicando durante semanas. El baile, rápido y sensual, lo estimulaba tanto como la imagen de Camille moviendo las caderas al ritmo de la música. Era endiabladamente sexy y Marek la deseaba con un fervor imposible de sofocar. Quería estar con ella a solas, lejos de las miradas y la música.

La gente los rodeaba para admirar el baile, silbando, gritando y batiendo palmas. Cuando finalmente el grupo de música se tomó un descanso, Marek se secó la frente y sacó a Camille del local.

Camille agradeció el aire fresco en la cara, pero apenas se hubo apartado el pelo de la cara Marek la hizo girarse hacia él para besarla posesivamente. Ella lo rodeó con los brazos y extendió las palmas por su poderosa espalda. Marek tenía el cuerpo ardiendo y sudoroso por el baile. Él bajó la mano hasta su trasero y Camille agradeció que estuvieran en la puerta del bar y no en la villa. No estaba preparada para meterse en una relación íntima y hacer algo que para Marek sería tan intranscendente como el baile de aquella noche.

Pero a pesar de su cautela deseaba fervientemente a Marek, y tenía que hacer un enorme esfuerzo para contenerse y no desnudarlo allí mismo. Marek la besaba con una pasión acuciante y desatada, libre de los malos recuerdos, y ella no quería que se detuviera. No solo anhelaba su cuerpo, sino también su corazón.

Gimió de placer cuando él le puso la mano en el pecho y lo agarró por la muñeca.

—Estamos en un lugar público.

—Nadie nos está mirando —siguió besándola por el cuello y más abajo, tirando del escote. Ella se zafó y dio un paso atrás mientras se ajustaba el vestido.

—O volvemos a entrar y seguimos bailamos o nos vamos a la villa. Pero no podemos seguir así.

Él la miró unos segundos antes de asentir.

—¿Qué prefieres? ¿Seguir bailando o regresar?

—Regresar y dar un paseo por la playa. Es nuestra última noche.

—La última noche de nuestra luna de miel… Podríamos hacer que fuera real —le sugirió con voz ronca.

—Quieres decir que podríamos hacer el amor. No habría amor verdadero entre nosotros y lo sabes. Dijiste que no te importaba tener una relación sin sexo por ahora.

–No creía que lo deseara tanto. Tú me haces desear y sentir cosas que jamás creí posibles. Por primera vez desde que perdí a Jillian y a Kern siento que la vida vuelve a ser maravillosa.

–Me alegro mucho. Y me gustaría que hubiera algo de afecto entre nosotros si hacemos el amor. Estuviste de acuerdo con que así fuera.

–Sí, es verdad. Habrá afecto, Camille –se inclinó de nuevo para besarla y tomó posesión de su boca hasta que tres hombres salieron del bar y pasaron gritando junto a ellos.

Marek se apartó y le sonrió.

–De acuerdo, volvamos a la villa. Le enviaré un mensaje al chófer para que venga a recogernos.

Al llegar a la villa dieron el paseo por la playa que quería Camille, quien se quitó los zapatos y escuchó las olas lamiendo la orilla.

–Necesitaba refrescarme. En el bar hacía mucho calor, sobre todo con el baile.

–Besarte ha sido lo más caliente de todo –añadió él, y ella le sonrió.

–Si tú lo dices… Ha sido una velada maravillosa. Gracias por llevarme a ese sitio. Y la villa es lo que siempre había soñado.

–Me alegro de que te haya gustado y de que hayas descubierto este sitio conmigo. Mañana volveremos a casa, y la semana que viene iremos al rancho para planificar los cambios que quieras hacer.

–Se acerca la temporada y tengo que ensayar. En los próximos meses apenas tendré tiempo libre.

–Lo entiendo. Yo pasaré parte del tiempo en el rancho y no te molestaré.

Ella asintió, preguntándose cómo organizarían el tiempo y si Marek aceptaría las exigencias de su carrera. No debía de estar acostumbrado a ceder en sus planteamientos.

–A Stephanie no le interesa la vida en el rancho. Creo que abrirá una oficina en Saint Louis y llevará mis cuentas desde allí, pero tendré que contratar a otro contable. Recuerda que Ashley se irá una semana a Saint Louis cuando volvamos a Dallas. Me quedaré sola con Noah.

–Necesitarás que Ginny o yo te echemos una mano.

–La verdad es que me siento más tranquila con Ginny. Ella está acostumbrada a cuidar niños, no como tú.

Él le dedicó una encantadora sonrisa y dieron un paseo por la playa antes de volver a la villa. Se sentaron en el porche a tomar un té helado y estuvieron hablando hasta que se dieron cuenta de la hora.

–Son las tres de la mañana y tenemos que salir muy temprano –advirtió ella.

–Puedo cambiar el vuelo –le aseguró Marek.

Ella pensó en la semana que tenían por delante y negó con la cabeza.

–Será mejor que regresemos. Hay mucho que hacer y todos nos están esperando.

–Ha sido un viaje maravilloso –le dijo ella, fijándose en la imagen desarreglada e irresistiblemente sexy que ofrecía Marek despeinado y con la camisa desabotonada y por fuera de los pantalones–. Gracias.

–Gracias a ti ha sido un viaje estupendo. Esta noche ha sido una pasada, y es alivio dejarse llevar en todos los aspectos.

–Me alegro –dijo con una sonrisa–. Buenas noches –le puso la mano en el hombro y lo besó ligeramente, pero en cuestión de segundos estaban besándose con tanta pasión que no se separaron hasta quedarse sin aire.

–Algún día, Camille, no podrás detenerte.

–Supongo que no –susurró ella. Entró rápido en la habitación y cerró la puerta–. Pero no quiero que sea esta noche –se convenció a sí misma, tocándose los labios–. Soy la señora Rangel y lo quiero todo –declaró mientras se miraba el anillo–. Quiero el amor de mi marido para que este anillo tenga sentido.

Por desgracia, y a pesar de los tímidos avances que estaba demostrando Marek, no estaba segura de que volviera a enamorarse alguna vez. ¿Podría amarla algún día o llevaría para siempre un doloroso recuerdo en el corazón?

Pero ¿y si se enamoraba de ella? Camille no se imaginaba viviendo en un rancho aislado, donde no podría seguir con sus clases de canto y de idiomas. ¿Hasta qué punto estaría dispuesta a sacrificar una carrera a la que le había dedicado toda su vida?

***

El viaje a Dallas se le hizo muy corto a Camille, y sintió una alegría inmensa cuando Noah se puso a agitar los brazos y las piernas al verla. Lo abrazó contra su pecho y miró por encima de su cabecita a Ashley, quien le sonreía alegremente.

–Gracias, Ashley –le dijo mientras le pasaba el niño a Marek.

–*Ma-má* –balbució Noah. Camilla lo miró sorprendida.

–Está empezando a hablar –dijo Ashley, riendo. Ya ha aprendido dos palabras: mamá y bibi.

–Me he perdido su primera palabra –se lamentó Camille.

–Lo he grabado en video. Quería darte una sorpresa. Si no te importa, me gustaría irme ya. Voy a salir con mi amiga Patty y volveré temprano, porque mañana salgo para Saint Louis.

–Claro. Vete. Nos veremos mañana.

–Me alegro que hayas vuelto. Adiós, Marek.

–Adiós, Ashley –se despidió él mientras le hacía ruiditos tontos a Noah, quien se reía como un loco.

Marek se sentó en el suelo a jugar con Noah mientras Camille deshacía el equipaje y se duchaba. Al volver al salón con unos pantalones cortos y una camiseta se encontró a Marek sentado en una mecedora con Noah en brazos y leyéndole un cuento.

–No entiende ni una palabra de lo que dices –dijo ella, riendo.

104

—Míralo. Le encanta escuchar.

—Debe de estar a punto de quedarse dormido.

—No quieres admitir que es un niño muy precoz y que le gusta que le lean cuentos.

—No, no quiero. Y tú tampoco. Prueba a hacerlo por la mañana cuando se despierte.

Noah se retorció y golpeó el libro con la mano.

—¿Lo ves? —dijo Marek—. Quiere que le siga leyendo.

—Pues adelante. Cuando estés listo, acuéstalo.

Marek siguió leyéndole al niño sin molestarse en responder, y Camille se quedó maravillada de lo tranquilo y atento que parecía su hijo.

—Tengo un don —dijo Marek mientras pasaba una página.

—Lo que tienes es a un niño muerto de cansancio —replicó ella, riendo—. Apuesto a que en diez minutos está durmiendo.

—Me apuesto unos cuantos besos.

—¿Y si gano yo qué recibo?

—¿Qué quieres?

Ella sacudió la cabeza.

—Te lo diré cuando gane.

—De acuerdo —aceptó él, y la miró de arriba abajo antes de volver a la lectura.

Camille miró el reloj para controlar el tiempo y se marchó a escribir notas de agradecimiento por los regalos de boda. Los cambios y reformas en casa de Marek se habían realizado con sorprendente rapidez y se habían instalado tres días antes de la boda. Lo único que quedaba por hacer era acostumbrarse a su nuevo hogar.

Al cabo de diez minutos exactos regresó al salón.

–He ganado –dijo Marek, levantando la mirada del libro. Noah seguía sentado en su regazo, despierto y atento a la lectura.

–Realmente tienes un don –concedió ella–. Aunque está empezando a dormirse.

–Aún no. He ganado la apuesta.

–Pues tendrás que esperar a que esté dormido para recoger tu premio.

–Lo haré.

–¿Cómo has podido mantener su atención tanto tiempo? –le preguntó, mirando cómo su hijo se quedaba dormido.

–Si te sientas en mi regazo mantendré tu atención el tiempo que sea, y te haré cosas que te harán dormir como un niño más tarde.

Ella sonrió.

–Una oferta muy tentadora, pero de momento, no.

–Te estás perdiendo algo que nunca olvidarás y que te hará disfrutar como nunca has disfrutado. Tienes mi palabra.

Ella se abanicó con la mano.

–Tu seguridad me abruma… Llevaré a Noah a la cama.

–Lo haré yo –replicó Marek, levantándose con el niño en brazos.

El cuarto de Noah estaba cerca del dormitorio principal y pegado a la habitación de Camille. Marek dejó con cuidado a Noah en la cuna y rodeó con un brazo a Camille, quedándose los dos mirando al niño durmiente.

–Supongo que todas las madres piensan que su hijo es el más adorable del mundo… –dijo Camille en voz baja–. Lo quiero con todo mi corazón.

–En el corazón siempre hay sitio para más amor. Yo ya lo quiero, en parte porque me recuerda a Kern continuamente.

Camille acarició la cabecita de Noah y los dos salieron de la habitación en silencio. El pulso se le aceleró cuando volvieron al salón y Marek le rodeó la cintura con un brazo.

–Exijo mi premio por haber ganado la apuesta.

A Camille le dio un vuelco el corazón. Marek bajó la mirada a su boca, se acercó y se inclinó hacia sus labios, y Camille perdió la noción de todo salvo de él. Le echó los brazos al cuello y pronto estuvieron besándose apasionadamente. Él bajó la mano por su espalda y su trasero hasta el muslo. A continuación, la deslizó por debajo de la camiseta, le desabrochó el cierre frontal del sujetador y le agarró un pecho.

Camille se moría por tocarlo, sumida en un torrente de sensaciones intensamente eróticas. Marek tal vez no fuera consciente de que cada caricia los acercaba más, pero ella quería provocarle las mismas reacciones a él. Deslizó las manos bajo la camiseta de Marek y sintió el vello en las palmas. Le subió las manos por los costados, arrastrando la camiseta, y él se detuvo un instante para quitársela y hacer lo mismo con la suya. Contempló sus pechos desnudos con avidez y Camille cerró los ojos cuando posó las manos en ellos.

Bastaba el roce más ligero para avivar el deseo,

ya no había vuelta atrás. Estaban legamente casados, marido y mujer, y Marek le había robado definitivamente el corazón al leerle un cuento a Noah. Se le escapó un débil gemido, mezcla de placer y frustración por ser el suyo un amor no correspondido.

—Espera un momento, Marek —le pidió, sujetándole las muñecas cuando se disponía a quitarle los pantalones.

Él levantó rápido la cabeza, jadeando como si acabara de correr un maratón.

—Ya sé que estamos casados y que podemos acostarnos juntos como marido y mujer, pero si no vamos despacio acabaré sufriendo mucho.

—Como tú digas, Camille. Te prometí que nunca te haría daño y siempre cumpliré mi palabra.

Ella cerró los ojos. Sus palabras la enamoraban todavía más, pero era imposible traspasar el muro de hielo con que Marek protegía su corazón.

—No te preocupes —la tranquilizó él, prodigándole una lluvia de besos—. El matrimonio está saliendo mejor de lo que jamás hubiera imaginado. Y me estás ayudando muchísimo en los momentos difíciles.

—Sé que has tenido momentos muy malos porque nunca te habías imaginado en una situación como esta, un matrimonio de conveniencia...

—Este matrimonio de conveniencia me ha permitido conocerte mejor. Tú y Noah hacéis que merezca la pena.

—No hagas que me enamore de ti —le suplicó

ella, pero sabía que era demasiado tarde para evitarlo. Se apartó y recogió la camiseta y el sujetador para ponérselos de espaldas a él.

Al girarse lo encontró mirándola fijamente con ojos entornados.

Marek volvió a acercarse y la abrazó.

—No creo que te enamores. Los dos nos encontramos en una situación vulnerable porque no hemos tenido sexo desde hace tiempo. Cuando vuelvas a los escenarios apenas te acordarás de mí. No creo que corramos ningún peligro de enamorarnos. El amor nunca entrará en esta relación, y es muy reconfortante que podamos ser honestos al respecto.

Las palabras de Marek se le clavaron como dagas en el corazón. Confió en que Marek nunca fuera consciente de lo que sentía por él, pues era del todo improbable que alguna vez le correspondiera de igual modo. Por desgracia, ella no podía dejar de amarlo.

Sonrió para intentar aligerar la situación.

—Creo que nos dirigíamos a algún sitio cuando hemos empezado esto.

—Nos sentaremos a hablar, si quieres —le propuso él, y ambos se acomodaron en el sofá—. Quiero que viváis en el rancho cuando tu agenda lo permita. Te acostumbrarás a vivir lejos de la ciudad, aunque al principio será un cambio muy grande.

—Sobre todo para mi hermana.

—Su salario la ayudará a adaptarse —bromeó él—. ¿Quiere retomar los estudios en otoño?

–Prefiere esperar al segundo semestre y así tener tiempo para adaptarse a los cambios. Recuerda que mañana irá en tu avión a Saint Louis para pasar allí el resto de la semana.

Marek le recorrió lentamente el rostro con la mirada, y el cuerpo de Camille reaccionó como si la estuviera tocando. Se olvidó de la conversación y se perdió en su mirada, y cuando él se inclinó ella hizo lo mismo, como si estuviera hipnotizada.

–No íbamos a hacer esto –susurró.

–Hace mucho que no lo hacemos –respondió él. La levantó y la sentó en su regazo, haciéndole sentir la dureza de su erección.

–Marek… –el beso de Marek le impidió seguir hablando, y transcurrieron unos minutos hasta que consiguió reunir las fuerzas para apartarlo.

–Muy pronto serás mía, Camille –le advirtió él.

–Ten cuidado, Marek –le advirtió ella a su vez–. Voy a derretir el hielo que protege tu corazón. Tú eres el dueño del mío, pero el tuyo cada vez es más vulnerable al fuego que prendemos. Quiero que me desees con todo tu ser –apenas era consciente de lo que decía y ni siquiera estaba seguro de que la estuviera escuchando.

Él la besó con renovada pasión, enloqueciéndola con su lengua, hasta que Camille se separó y se levantó de su regazo.

–Hora de acostarse.

–De eso nada. Siéntate y hablemos. Aún es temprano y mañana no tenemos que trabajar. La limusina llevará a Ashley al aeropuerto y Ginny vendrá a recoger a Noah. Podremos hacer lo que queramos.

–Tienes razón –aceptó ella, y se sentó a una distancia segura en el sofá.

–¿Por qué le pusiste Noah? –le preguntó él, mirándola con ojos ardientes.

–Era el nombre de mi abuelo y de mi bisabuelo –respondió con dificultad, intentando sofocar el deseo y tranquilizarse.

–¿Y a tu padre no le importa?

–No. Una de las nietas lleva su nombre: Chelsea Taylor Avanole.

–Bonito nombre. Me alegra que le pusieras a Noah el nombre de Kern. Recuerdo el mensaje que recibiste de él. Se puso muy contento con el nombre. Cuando Noah crezca le buscaré un caballo adecuado… mucho antes de que pueda montar conmigo.

–No me imagino a mi hijo en un caballo. Tú y yo somos de mundos tan diferentes…

–Eso es lo que hace interesante la vida –repuso Marek. Le sonrió y se acercó a ella–. Estás demasiado lejos –deslizó la mano alrededor de su nuca–. Te llevaré a un rodeo y a bailar de vez en cuando. Puedes aprender el *two-step* si aún no lo conoces. Y cuando veas la casa del rancho recuerda que podemos reformarla y redecorarla como tú quieras. La he construido yo, por lo que no está llena de viejos recuerdos.

Ella lo escuchaba a medias, recordando los besos y las llamas que la abrasaban por dentro y la acuciaban a tocarlo. Pero si lo hacía volvería a encontrarse en sus brazos.

Jamás se había imaginado un matrimonio de

conveniencia, una luna de miel sin hacer el amor y un marido que no la amaba. Sin embargo se entendían cada vez mejor y había una atracción mutua imposible de resistir.

A las dos de la mañana se puso en pie.

–Ahora sí que me voy a la cama. Me muero de sueño –llevó un vaso vacío a la cocina y Marek la acompañó a su nuevo dormitorio, contiguo al suyo y comunicado por una puerta de dos hojas que permanecía cerrada.

Él le rodeó los hombros con el brazo.

–No vas a dormir aquí –le advirtió ella.

–Ya sé que no. Protege bien tu corazón, Camille. El mío está congelado y jamás podrá derretirse.

–Avisada estoy. Sabré cuidar de mí misma.

Él la besó y se marchó.

Marek durmió unas pocas horas y se levantó para ponerse unos vaqueros limpios y un polo azul marino. Encontró a Camille en la cocina, vestida con vaqueros y camiseta roja y con el pelo recogido con una cinta roja. Ella le sonrió y siguió dándole de comer a Noah y hablando con Ashley, quien ya había vuelto de estar con su amiga y cuyo equipaje estaba preparado junto a la puerta.

Media hora después Ashley salió para el aeropuerto y Ginny las niñas llegaron para recoger a Noah. Camille le dio las instrucciones necesarias mientras Marek cargaba las cosas de Noah en el coche y el pequeño recibía encantado las atenciones de las niñas.

Marek y Camille se quedaron en el porche, agitando los brazos hasta que el coche se perdió de vista.

–Gracias por dejar que se lo lleven –le dijo Marek–. No te preocupes por él. Ginny es una madre experimentada y sus hijas han encontrado un muñeco ideal con el que jugar. Lo tratarán como a un rey. Y solo están a media hora en coche, por si no puedes estar sin él.

Camille sonrió nerviosa mientras entraban.

–No será necesario. Me he sentido ridícula dándole instrucciones a tu hermana. Es madre de dos niñas y sabe mucho más que yo.

–Cada niño es un mundo.

–Y eso lo dice el hombre que confesó no saber nada de niños.

–Eso lo dije la primera semana que nos conocimos. ¿Cómo puedes acordarte?

–Lo recuerdo todo de ti.

–¿En serio? –la hizo girarse para mirarla–. ¿Te has dado cuenta?

–¿De qué? ¿Te has cortado el pelo?

–No. Estamos solos en casa, algo que llevaba tiempo deseando. ¿Sabes por qué? –el corazón le latía con anticipación mientras la miraba a sus increíbles ojos azules.

–Creo que tu mirada habla por sí sola, pero de todos modos quiero oírlo. ¿Por qué?

–Para poder hacer esto –respondió, y la abrazó para besarla–. Te deseo, Camille.

Capítulo Ocho

La lengua de Marek se entrelazaba con la suya y avivaba el fuego salvaje que la consumía. Dejó escapar un gemido, pero apenas lo oyó por los atronadores latidos de su corazón.

Estaban solos, marido y mujer. Él le había dicho que nunca podría volver a amar a nadie, y Camille sabía que por ella solo sentía deseo y atracción. Pero estaban casados y Marek había cambiado mucho desde la primera noche que salieron juntos.

Tomó su rostro entre las manos y lo miró. Marek respiraba agitadamente, y la sensual expresión de sus ojos medio cerrados no dejaba lugar a dudas sobre su propósito.

—¿Qué? —preguntó él.

—Has sido muy sincero con tus advertencias, Marek —le susurró—. Te daré una yo también... Protege tu corazón, porque si continuamos así te acabarás enamorando.

La expresión de Marek se tornó dura y hermética.

—Eso es imposi... —no acabó la frase porque Camille le cubrió la boca con la suya y le mordió ligeramente el labio inferior. Él soltó un gemido ahogado y apretó el brazo alrededor de ella, haciéndole sentir su erección. Camille se frotó sensualmente contra él–. Estoy tomando la píldora, Marek.

Él la besó para zanjar toda conversación. Se quitó el polo y lo arrojó al suelo mientras le devoraba la boca. Ella le recorrió el cuerpo con los dedos, fascinada con su torso, sus bíceps, sus muslos. Se contoneó lentamente para que la sintiera por completo y deslizó una mano a la entrepierna.

Los ojos de Marek ardían de deseo y promesa, y a Camille se le desbocó el corazón cuando deslizó los dedos bajo la camisa, lenta y provocativamente, haciendo que los pechos pidieran a gritos el contacto de sus manos.

–Marek… –se moría por confesarle sus sentimientos, por declararle un amor que no hacía más que crecer día tras día, pero se tragó las palabras y se abandonó a los besos.

Él empezó a acariciarle los pechos, pero evitando tocarle los pezones. Impaciente por recibir sus caricias, se apartó y se quitó la camisa.

Marek respiró profundamente mientras la contemplaba, haciéndola estremecerse con su intensa mirada de deseo. Le quitó la cinta del pelo y le acarició la nuca.

–Eres preciosa.

–Marek… –lo agarró por los hombros e intentó acercárselo, pero él la mantuvo a distancia y se agachó para lamerle el cuello y los pechos. El roce cálido y húmedo de su lengua intensificó los temblores y le puso los pezones duros como piedras–. Tócame –le suplicó.

–Quiero que te mueras de deseo por mis manos y mi boca –susurró él, prodigándole un reguero de besos hacia abajo.

Ella le agarró la cabeza y entrelazó los dedos en sus cabellos para colocarle la boca justo donde más lo necesitaba.

–¡Marek! –gritó, y echó la cabeza hacia atrás mientras se aferraba a él. El placer le emanaba desde la entrepierna y ella se vio anegada por un torrente de sensaciones incomparables. Los dedos le temblaban al intentar desabrocharle el cinturón y apartar las últimas ropas que los separaban.

Él se retiró para hacerlo por sí mismo, sin dejar de observarla con una mirada estremecedora. Mientras tanto ella se quitó los pantalones y las sandalias, y vio cómo el pecho de Marek se expandía al observarla.

Enganchó los dedos en la parte inferior del biquini y terminó de desnudarse.

Marek soltó un gruñido feroz y apremiante y tiró de ella hacia él. Sus manos la tocaron en todas partes, siguiendo el curso de su escrutinio y llegando adonde la mirada no alcanzaba entre los muslos. La besó en la boca y sus lenguas se entrelazaron en una danza frenética mientras sus dedos la volvían loca de placer. Camille se agarró fuerte a sus hombros y separó las piernas para facilitarle el acceso. Lo deseaba más que nunca. Más de lo que nunca hubiera creído posible.

–Espera, Marek –le pidió, y con un gran esfuerzo se separó y se agachó para agarrarle el miembro. Palpó con deleite su grosor y dureza y empezó a besarlo y lamerlo con deliberada lentitud. Él se estremeció y cerró los ojos, abandonándose a la dulce tortura. Camille quería que ardiera de deseo y que la sintiera plenamente. Si no podía tener su amor, al menos podía disfrutar con su cuerpo.

Él se inclinó ligeramente, le puso las manos bajo los brazos y la levantó para mirarla a los ojos.

—Algún día tendré tu corazón —susurró ella.

—Ya te lo he advertido —le recordó él, antes de acallar con un beso cualquier respuesta que ella pudiera darle.

«Y yo a ti», pensó Camille antes de perder la razón y abrazarse a él con todas sus fuerzas, acuciándolo a que le hiciera el amor y colmara su vacío.

Marek la levantó en brazos y la llevó a la cama. Siguió acariciándola y besándola mientras se tumbaba a su lado. Camille había renunciado a todo control sobre sus emociones y solo podía pensar en lo que estaba a punto de hacer con Marek. Al hacer el amor pasarían a otro nivel y no habría vuelta atrás.

Marek se colocó sobre ella y le atrapó un pezón con la boca. Lo saboreó a conciencia y pasó brevemente al otro antes de descender al vientre. Le separó las piernas y la besó en la cara interna de los muslos, y ella gimió y se arqueó involuntariamente hacia él.

—Te deseo —le dijo con voz ahogada, sabiendo que Marek jamás podría adivinar lo que ella sentía realmente.

Él se colocó sus piernas sobre los hombros y

agachó la cabeza para tocarla con la punta de la lengua. Una nueva oleada de sensaciones la sacudió de la cabeza a los pies.

–Voy a hacerte el amor hasta que estés gritando por mí –le dijo Marek al levantar la cabeza.

–¡Hazlo ya! No puedo esperar más.

–Quiero que me desees más de lo que nunca has deseado a nadie.

–Te deseo con todo mi ser… –jadeó en busca de aire– Marek.

Sus miradas se encontraron por un instante, Camille vio su expresión intensa y decidida y cerró los ojos para esperarlo. Marek se introdujo lentamente en ella, torturándola con el tormento más erótico posible. Se retiró con cuidado, intensificando la agonía de Camille, y volvió a penetrarla.

Ella se arqueó y se deshizo en gritos de placer. Convencida de que Marek se contendría para complacerla, movió las caderas con más rapidez y vigor. Y cuando sintió que Marek perdía el control y que la tensión alcanzaba el punto culminante, se dejó arrastrar por la marea de arrobamiento y delirio que la transportó a un éxtasis sublime. Él la siguió al clímax y se vació en su interior con una sucesión de violentos espasmos, antes de desplomarse exhausto sobre ella. Camille lo abrazó con fuerza, sintiendo los latidos acompasados de sus corazones.

–Eres mío, esposo –susurró, convencida de que no la oía.

–Camille, mi amor… Me has llevado al paraíso.

Deseó que también Marek hablase en serio.

–Eres un hombre irresistible, Marek Rangel.

Él le sonrió y la besó en la cara y el cuello.

–Quiero tenerte en mis brazos toda la noche.

–Si lo haces ya sabes a qué atenerte.

–No tengo ni idea. ¿Por qué no lo probamos a ver qué pasa? –la provocó él.

Ella le sonrió y le acarició la mandíbula, sintiendo el picor de su barba incipiente.

–Te dije que en junio interpretaré *La Traviata* aquí, en Dallas. Haré el papel de Violetta. Quiero que vengas al estreno.

–Será un placer.

–Si no te gusta, dímelo. Sé que no a todo el mundo le entusiasma la ópera, y no quiero que te sientas obligado a asistir.

–Me encantará verte.

–Eso no lo sabrás hasta que me veas, así que ahórrate los halagos hasta entonces.

Él sonrió.

–Creo que me gustará. ¿Después vendrás a casa?

–Claro. Es posible que haya una fiesta, pero volveré a casa aunque sea tarde. Y tú estarás conmigo.

–He esperado una eternidad para estar a solas contigo… Parecía que este momento no llegaría nunca.

–No has perdido ni un segundo cuando nos hemos quedado solos –observó ella con ironía.

–Si supieras cuánto he pensado en hacer el amor contigo entenderías por qué no perdí ni un segundo. ¿Quieres ducharte o darte un relajante baño caliente?

–Un baño, desde luego.

Marek se levantó con ella en brazos para ir al cuarto de baño.

–Eres ligera como una pluma.

–Ni mucho menos –replicó ella, riendo–. Para tener la voz que tengo hace falta un físico consistente.

–Y espectacular –añadió él. Llenó la bañera y Camille se sentó entre sus piernas para que le enjabonara la espalda y jugueteara con sus cabellos mientras le contaba cómo había su vida en el rancho.

Después la llevó a la cama y volvió a hacerle el amor. La pasión se prolongó toda la noche y después se quedaron abrazados y hablando de cómo eran sus vidas antes de conocerse. Él le preguntó por su carrera y ella sintió que se establecía un vínculo más íntimo y especial. ¿Sentiría Marek lo mismo o tan solo era una conversación informal de la que no tardaría en olvidarse?

Marek se giró de costado y apoyó la cabeza en una mano.

–Estamos casados, Camille. ¿Por qué no compartes una habitación conmigo?

Sorprendida, lo miró a sus inescrutables ojos oscuros.

–No me esperaba algo así –admitió, aunque en el fondo sí que se lo había esperado y anhelado con todas sus fuerzas. ¿Podría significar que Marek empezaba a sentir por ella algo más que deseo?

–Lo he pensado mucho. Nuestra vida sexual es fantástica –declaró, dándole un ligero beso en los labios–. Me gusta tenerte en mis brazos y en mi cama, y me gustaría que eso fuera lo habitual. ¿Por qué no? Somos marido y mujer, hacemos el amor y me gusta estar contigo. Así de simple.

Una mezcla de sensaciones se apoderó de ella. La sugerencia de Marek para que compartieran habitación implicaba un cambio radical en su relación. Ella lo amaba y se alegraba de que se lo pidiera, pero al mismo tiempo temía las consecuencias.

¿Supondría su relación con Marek una amenaza para su carrera? Tal vez se estuviera precipitando en sus conclusiones, pero cuando más tiempo pasaran juntos y más intimaran, más probabilidades había de que Marek abandonara su coraza. Era mucho más fácil que se enamorara si vivían juntos como marido y mujer.

Pero si eso ocurría, ¿podría ella conciliar las exigencias de Marek con las de su carrera?

Tendría que hacerle caso a su corazón.

–De acuerdo –cambió de postura para rodearlo con el brazo–. Compartiremos habitación.

El rostro de Marek se iluminó de placer, y en pocos segundos estaban besándose apasionadamente.

Volvieron finalmente a la cama, cada uno en brazos del otro, Marek le apartó los mechones del rostro.

–¿Cuándo quieres trasladarte a mi habitación? ¿Esta noche?

Ella se echó a reír.

—Creo que será mejor cuando estemos en el rancho.

—Por mí estupendo. Ya verás cómo es lo mejor. Y Noah también estará encantado.

Camille volvió a reírse.

—A Noah le daría igual que estuviéramos cada uno en un extremo del rancho.

—Tal vez, pero le gustará estar con los dos al mismo tiempo.

—En eso tienes razón —le apartó el flequillo con un dedo.

—Nunca imaginé que este matrimonio fuera a reportarme tanta felicidad, y mucho menos tan rápido.

A Camille le dio un vuelco el corazón.

—Me alegro, aunque también me sorprende. Nos hemos arriesgado mucho.

Él le lanzó una penetrante mirada y su expresión cambió al agacharse para besarla.

Camille despertó al alba con la cabeza apoyada en el hombro de Marek. Lo miró y contempló la oscilación del pecho. Por primera vez en su vida estaba enamorada, y su amor por él no dejaba de crecer. Marek se había ganado su corazón, su admiración y su respeto, y a cambio la colmaba de goce y excitación. Sería un padre maravilloso para Noah.

¿Qué camino se le ofrecía con él? No había podido evitar enamorarse. ¿Cómo podría conseguir que Marek la amase a ella? Y si lo hacía, ¿cómo podría compaginar la relación con su carrera?

En los días que estuvieron solos hicieron el amor con frecuencia y ninguno de los dos salió de casa para nada. Camille estaba impaciente por recuperar a Noah, pero cuando Ginny llamó la notó tan contenta, a ella y a sus hijas, que no quiso acortar el tiempo que pasaban con Noah.

–Les has hecho el mejor regalo posible –le dijo Marek–. Sé lo duro que es para ti separarte de él, pero estás haciendo muy feliz a mi familia.

–Me alegro de que lo hayan aceptado –admitió ella, conmovida por su sinceridad–. Y sé que es bueno para él que conozca a su nueva familia.

El beso de Marek zanjó la conversación.

Al día siguiente Marek se levantó de la cama bastante tarde.

–No te vayas –le advirtió a Camille–. Tenemos que hablar de algo importante. Vuelvo enseguida.

Camille se incorporó extrañada en la cama y se cubrió con la sábana. Marek regresó a los pocos minutos con un montón de folletos y una bandeja con café y zumo de naranja.

–Tenemos que asegurar mi casa del rancho a prueba de niños.

–Pero si Noah ni siquiera camina…

–Quiero que todo esté listo cuando lo haga. Tenemos que poner cancelas en las puertas y las escaleras, y quiero instalar una zona de juegos con columpios y balancines. Echa un vistazo a los folletos.

Durante la hora siguiente estuvieron haciendo planes sobre las reformas y la decoración del rancho, hasta que Marek recogió todos los folletos y notas y los tiró al suelo.

–Haré que todo esté instalado para cuando lleguemos. Quiero que la casa del rancho sea segura tanto para ti como para Noah, porque es mi deseo que te guste tanto como a mí.

–Estoy impresionada por el padre tan maravilloso en que te estás convirtiendo –le confesó ella.

–¿Qué esperabas, que fuera una especie de ogro?

–Claro que no, pero no sabías nada de niños y Noah no es tu hi…

Él le puso un dedo en los labios para hacerla callar.

–Ahora sí lo es, Camille. Lo quiero y voy a iniciar los trámites de adopción tan pronto como sea posible. Seré el padre de Noah y su apellido será Rangel –le rodeó los hombros con el brazo–. Seremos una familia de verdad.

La besó y Camille se olvidó de columpios y balancines.

El lunes volaron hasta el rancho en uno de los aviones de Marek. Durante el vuelo Camille reflexionó sobre los cambios que había experimentado su vida. Estaba más enamorada que nunca de Marek sin que él sospechara nada. Iba sentado a su lado, con una camisa de algodón, pantalones tejanos con cinturón de cuero y botas de vaquero. Su mundo era completamente distinto al de Camille, pero en aquellos momentos solo quería tocarlo, sostenerle la mano y tontear con él. Pero por desgracia, no estaban solos.

Camille había perseguido el estrellato durante toda su vida; en aquellos momentos, sin embargo, solo quería conseguir el amor de un hombre. Marek tenía mucho que dar, y tenía el presentimiento de que superaría el dolor por el pasado si se permitía abrir su corazón y aceptaba el amor que ella ansiaba darle.

Miró a su hijo, que dormía plácidamente en su sillita. El pequeño y adorable Noah no tenía ni idea de lo que pasaba a su alrededor. Había aceptado a Marek y Marek lo quería como a un hijo.

Ashley estaba sumida en la lectura de folletos universitarios. Camille se alegraba de que su familia pudiera hacer por fin lo que quería. Su madre se jubilaría al cabo de pocos meses y podría pasar más tiempo con Noah, Stephanie se había comprado un apartamento en Saint Louis y lo estaba amueblando con gran esmero.

Contempló por la ventanilla el vasto paisaje texano. Era difícil imaginarse el futuro. Miró otra vez a Marek.

–¿Qué ocurre? –le preguntó él al pillarla mirándolo.

–Nada. Me preguntaba qué estabas pensando.

–Sobre todo en ti, pero también haciendo números –apartó los papeles que tenía en el regazo–. Parece que Ashley está pensando seriamente en matricularse en la universidad. No tendré que modificar mi agenda para buscar una nueva niñera, ¿verdad?

–No, tranquilo. Ashley está buscando la manera de seguir unos estudios a distancia y asistir al menor número de clases posible para seguir cuidando de Noah hasta que el niño se haga mayor.

Marek miró a Ashley, quien seguía concentrada en los folletos.

–¿Te sentirías más tranquila si se quedara más tiempo?

–Sí –admitió Camille–, pero no quiero presionarla ni influir en su decisión. Además, Noah es todavía muy pequeño. Cuando crezca un poco me sentiré más tranquila contratando a otra niñera y dejando que Ashley se vaya. A mis padres les encantaría pasar más tiempo con él, pero los dos trabajan a jornada completa.

–Me dijiste que tu madre se jubilará dentro de poco. Y tú podrás ayudarlos económicamente.

–Son tantos cambios… –dijo ella con un suspiro.

–Espero que te guste el rancho. Para mí no hay mejor lugar en el mundo.

–No lo sabré hasta que lo vea –le costaba imaginarse la vida que la esperaba allí.

–Le he dicho a Zeb que sobrevuele el rancho para que puedas verlo desde el aire.

–Estupendo –dijo Camille, y se giró a su hermana para decírselo.

Unos minutos después, Marek les avisó de que

estaban sobrevolando el rancho y las dos hermanas miraron por las ventanillas. Marek se arrimó a Camille, rozándola con el hombro.

–Veo un pueblo –dijo ella.

–No, no es un pueblo. Es el rancho.

–¿Todo eso es tu rancho? Es enorme… Parece un palacio. ¿Qué son todas las casas que hay en torno a la principal?

–El alojamiento para el personal. Jess tiene una.

–No es como me lo había imaginado –estaba maravillada por lo que veía abajo–. Tienes tu propia ciudad.

–No tanto –dijo él, riendo–. Es mi casa y me gusta. Y me encantará tenerte en ella.

Camille le sonrió, feliz por su declaración, y se recostó en el asiento mientras el avión se dirigía hacia el sur.

–¿Todo eso te pertenece? –le preguntó Ashley, tan sorprendida como ella.

–Eso parece, Ashley. Ya verás, seguro que te encanta.

Aterrizaron y se subieron a la limusina que los esperaba para conducirlos al rancho. La carretera atravesaba un vasto y árido paraje salpicado de cactus y mezquites inclinados por el viento del sur.

Finalmente divisaron el rancho a lo lejos y Camille ahogó una exclamación de asombro. La casa era mucho mayor de lo que le había parecido desde el aire.

–Dios mío… –murmuró, girándose para mirar al poderoso ranchero con el que se había casado.

Capítulo Nueve

Las dependencias del rancho se extendían en todas direcciones, reflejando la riqueza y el poder de Marek con mucha más fidelidad que su casa de Dallas. Era como un pueblo con una enorme mansión en el centro.

Miró a Marek y él le devolvió la mirada con las cejas arqueadas.

—¿Qué te parece?

—Es una muestra de tu inmensa fortuna —no añadió «y de tu poder», pero por dentro se estremeció al recordar con qué facilidad podría llevarla a juicio para conseguir la custodia de Noah. Al casarse con él le había otorgado mucho más control sobre el niño.

Marek le sonrió y le agarró la mano.

—Deja de mirarme como si me hubieran salido cuernos. Sigo siendo el mismo, un simple vaquero. Todos esos edificios están destinados a usos varios o aloja al personal que trabaja para mí.

—Es un complejo enorme.

—Te parece grande porque nunca has estado en un rancho. Lo primero que me gustaría enseñarte es tu habitación —le dijo con un inconfundible brillo de deseo en los ojos.

–Eso tendrá que esperar –replicó ella, reprimiendo un temblor de excitación. Las crecientes insinuaciones de Marek indicaban que algo estaba cambiando en él, al menos a un nivel superficial. ¿Estarían cambiando también sus sentimientos?

Miró sus manos entrelazadas. El contacto físico era cada vez mayor. Siempre estaba tocándola, tomándola de la mano, abrazándola... Y cuando estaba en casa se pasaba todo el tiempo con ella. ¿Hasta qué punto se había vuelto una presencia importante en la vida de Marek? ¿Y cómo encontrarían un compromiso entre la relación y su carrera? Claro que aquella era una preocupación insignificante comparada con lo mucho que anhelaba recibir el amor de Marek. Estaba segura de que superaría cualquier obstáculo si sus sentimientos fueran correspondidos.

Atravesaron otra alta verja de hierro, que se abría con un código de seguridad, y llegaron a la casa, una impresionante construcción de estuco de la que partían dos grandes alas. Una valla de hierro forjado rodeaba el patio, lleno de parterres y árboles frondosos. Delante de la casa había un estanque con tres fuentes.

Rodearon la casa y pasaron junto a un corral y un enorme granero, tras el cual se veían filas de cuadras y otro corral. Las dependencias se extendían hacia el norte, y más allá se extendía el mismo paisaje reseco de mezquites y cactus que Camille había visto en el trayecto desde el aeropuerto.

Al decirle a Ashley que compartiría habitación

con Marek, su hermana la había mirado con las cejas arqueadas.

—¿Es eso lo que quieres?

—Sí.

—Estás enamorada de él.

—¿Cómo lo sabes? —le preguntó Camille, sorprendida—. ¿Tanto se nota?

—Lo sé porque soy tu hermana. No creo que nadie más se dé cuenta. Ni siquiera Stephanie.

—Stephanie no me ha visto tanto como tú.

—No, pero yo lo supe desde que volviste de tu luna de miel.

—O incluso antes —admitió Camille.

—Es normal. Marek es un gran tipo, Camille, pero espero que no te rompa el corazón. Estaba profundamente enamorado de su novia.

—Lo sé. No puedes controlar lo que sientes por alguien.

—Ten cuidado, ¿de acuerdo?

—Siempre tendré a Noah y mi carrera para consolarme —respondió Camille, aunque dudaba de que su carrera fuera suficiente si Marek le partía el corazón.

Al bajarse del coche, Ashley se hizo cargo de Noah mientras Marek levantaba a Camille en brazos.

—Bienvenida a casa, Camille —dijo, y cruzó el umbral con ella.

El vestíbulo estaba lleno de perchas de las que colgaban impermeables y sombreros de ala ancha, y en suelo se alineaban varios pares de botas.

—Te presentaré al personal. Principalmente al

cocinero y al encargado. No creo que el resto esté por aquí a estas horas.

Tomó a Noah de brazos de Ashley y entraron en una gran cocina con un salón contiguo y un comedor informal con una chimenea de piedra.

Un hombre moreno con delantal blanco les sonrió.

—Os presento a Héctor Galván —lo introdujo Marek—. Héctor, te presento a mujer, Camille, y a su hermana, la señorita Ashley Avanole.

Camille saludó al robusto y sonriente cocinero y pasaron a un amplio vestíbulo con suelo de madera, donde vieron a un hombre con vaqueros negros y camisa blanca.

—Este es Cletus Byne, mi administrador y mayordomo cuando necesito uno —era alto y ancho de hombros, con el pelo rubio y de carácter tranquilo—. Cletus se ocupará de vuestras cosas. Hemos preparado un cuarto temporal para Ashley y Noah —atravesaron el vestíbulo, lleno de cuadros del oeste y candelabros de bronce—. El dormitorio principal está al final del pasillo, por lo que no estaréis muy lejos. Os enseñaré el resto de la casa y después podéis elegir qué habitación queréis para Noah. Ashley tendrá la suya al lado, junto a un cuarto de juegos.

Entraron en una habitación con sala de estar y baño incorporados, iluminada por el sol de la tarde y amueblada en blanco.

—Es precioso… Ya lo tienes todo listo para Noah. No creo que haga falta llamar al decorador.

—Claro que sí. Esta habitación ya existía y no es

un cuarto para niños, ni siquiera un dormitorio para un joven. Tú y Ashley ya habéis decidido cómo ha de ser el cuarto de Noah. Las reformas empezarán esta misma semana.

–Es un lugar fantástico para Noah –comentó Ashley, dando vueltas por la habitación.

–Tendrá que servir hasta que la suya esté lista –dijo Marek, agarrando a Camille del brazo–. Vamos, te enseñaré la nuestra.

–Id vosotros mientras yo cambio a Noah –los animó Ashley.

La habitación de Marek, que en lo sucesivo también sería la de Camille, era tan impresionante como el resto de la casa. Una pared estaba cubierta con estantes llenos de libros, trofeos y fotos, y Camille agarró una de Marek y Kern. Los dos llevaban botas, vaqueros y camisas a cuadros, y tenían los sombreros echados hacia atrás. Cada uno pasaba un brazo por los hombros del otro y había un caballo tras ellos.

–Bonita foto.

Marek se acercó y sonrió.

–Kern acababa de ganarme ese caballo en una apuesta y estaba loco de contento. Merecía la pena perderlo con tal de verlo tan feliz. Quería ese ruano desde el día que lo compré –se rio y sacudió la cabeza–. Fue muy divertido.

Camille devolvió la foto al estante y Marek agarró una de Jillian que estaba al lado.

–Quitaré las fotos de Jillian.

–No tienes por qué hacerlo. De verdad que no me importa. La querías e ibas a casarte con ella.

–Para seguir adelante con mi vida lo mejor es quitarlas de la vista.

Camille no creía que Marek hubiera hecho algo así antes de casarse. Estaba cambiando y desprendiéndose de su coraza, pero ¿hasta qué punto sería capaz de abrir su corazón?

Ashley se unió a ellos con Noah y Marek les enseñó el gimnasio, con una magnífica piscina cubierta rodeada de columnas, y la sala recreativa.

–Esta es ahora vuestra casa –les dijo–. Ashley, quiero que tú y Camille os sintáis libres para usar las instalaciones a cualquier hora del día o de la noche.

Salieron al patio, tan grande como la parte central de la casa, y Camille se preguntó si alguna vez conseguiría orientarse en aquel inmenso laberinto. Había una zona vallada con una cabaña, una piscina con toboganes y un montón de palmeras, parterres y fuentes. A un lado del patio había una cascada y un estanque de peces y plantas. También había una zona de juegos preparada para Noah lo bastante grande para adultos, de modo que Ashley se llevó al niño para jugar con él mientras Marek servía unas bebidas. Ashley se llevó su daiquiri a la manta en la que Noah estaba rodeado de juguetes.

–Por el mejor cuñado del mundo… y el único que tengo –añadió con una sonrisa–. Gracias por haber entrado en nuestras vidas, Marek. Noah te dará las gracias dentro de unos años.

Marek se levantó y se inclinó sobre la valla de plástico para brindar con ella y con Camille. Sus miradas se sostuvieron, llenas de calor y promesa, y Camille se obligó a tener paciencia hasta la noche.

Marek recibió una llamada al móvil y se disculpó para alejarse y responder.

–Ha sido un brindis muy bonito, Ashley –le alabó Camille a su hermana.

–Lo he dicho en serio, Camille. Marek se ha portado increíblemente bien. Pero no dejes que te rompa el corazón.

Marek volvió con el teléfono en la mano.

–Es Ginny. Las niñas quieren tener otra vez a Noah. ¿Sería posible que volviera a quedarse con ellas un día de estos? No os sintáis obligadas a aceptar.

–Por mí estupendo –dijo Camille.

–Si no os importa iré a Saint Louis este fin de semana –dijo Ashley–. Podría irme el viernes y volver el domingo por la noche.

–Mi avión te llevará. De hecho, podríamos ir todos a Dallas y pasar allí el fin de semana. Ashley se irá a casa y Noah podrá quedarse con Ginny y las niñas. ¿Qué os parece?

Camille se echó a reír.

–¿Vamos a ir todos a Dallas para que dos niñas pequeñas puedan jugar con Noah un par de días? Muy bien, de acuerdo. La verdad es que me gustaría pasar el fin de semana en Dallas.

Marek se llevó el teléfono a la oreja.

–Ginny, esto no lo haremos a menudo, pero este fin de semana iremos todos a Dallas. Ashley quiere ir a Saint Louis y podrás quedarte con Noah desde el viernes al mediodía hasta el domingo por la tarde, ¿qué te parece? –se apartó el móvil de la oreja al estallar una algarabía–. Dile a las niñas que se calmen. Van a verlo muchas veces… Sí, se lo diré. Hasta el viernes –dejó el teléfono y se volvió hacia Camille y Ashley–. Miles de gracias de parte de mi hermana. Seguro que habéis oído el griterío de sus hijas –miró a Noah–. El pobre no se entera del revuelo que causa. Tendré que hablar con mi hermana para que les compre algunas muñecas nuevas a las niñas, o mejor aún, que tenga otro hijo.

–Las niñas se quedaron fascinadas con él –dijo Camille–. Y él también con ellas. Aunque a Noah le gusta todo el mundo.

–Es lógico, siendo el hijo de Kern. Gracias otra vez, cielo.

A Camille le dio un vuelco el corazón. Marek había usado el apelativo «cielo» con mucha naturalidad, pero a ella le hacía sentir que empezaba a tenerle afecto.

El lunes Marek se pasó el vuelo agarrando la mano de Camille. El fin de semana había sido fabuloso. Cuanto más hacia el amor con ella, más la deseaba. Y eso lo sorprendía. En realidad, Camille no había dejado de sorprenderlo desde que se conocieron.

El mes de junio se acercaba y sabía que apenas vería a Camille durante las dos semanas de actuaciones. No le gustaba nada aquella perspectiva. ¿Cuándo se había vuelto Camille tan importante para él? Era como si no pudiera soportar un solo día sin ella.

Se giró para mirarla. Camille llevaba unos pantalones rojos y una blusa del mismo color, y se había recogido el cabello a la nuca con un pañuelo también rojo. ¿Llevaría ropa interior roja o negra? Tendría que comprarle pronto algo sexy. Muy sexy y muy íntimo.

La sangre le hirvió en las venas al pensarlo y se giró rápidamente hacia la ventanilla. ¿Se estaba enamorando de su mujer? La posibilidad lo sobresaltó. Hasta ese momento se había convencido de que lo único que sentía por Camille era deseo, pero ¿y si ella estaba llenando el vacío de su corazón? Jillian solo era un doloroso recuerdo. Camille, en cambio, era una presencia llena de vida y pasión.

¿Podría ser que ya se hubiera enamorado de su mujer sin darse cuenta? Volvió a girarse para mirarla. Deseaba fervientemente estar a solas con ella y quitarle el pañuelo rojo para que sus exuberantes cabellos le cayeran por los hombros.

¿Estaba enamorado?

Ella se giró y lo sorprendió mirándola.

—Pareces pensativo.

—Estoy pensando en los cambios que debemos hacer en el rancho. El cuarto del niño debe ser fácil de transformar a medida que vaya creciendo, y tú necesitarás una sala de música.

—Sí —murmuró ella seriamente.

—¿Te preocupa algo?

Camille le sonrió.

–Nada en absoluto. Un poco abrumada, tal vez, por todos estos cambios. Has entrado en mi vida con una fuerza arrolladora y la has transformado por completo.

–Lo mismo puedo decir yo, Camille. Y estoy encantado con los cambios.

–¿De verdad? –susurró ella en tono esperanzado.

–Completamente –con gusto le hubiera dicho más cosas, pero no era el lugar ni el momento apropiado. Ashley estaba enfrascada en la lectura de los libros y folletos y Noah dormía plácidamente, ajeno a los cambios que estaban teniendo lugar en su vida.

Camille había hecho lo imposible. Había hecho que sus sentimientos volvieran a la vida, algo que jamás hubiera imaginado. Quería estrecharla entre sus brazos y besarla hasta la extenuación, y tuvo que emplear toda su fuerza de voluntad para permanecer sentado, esperando el momento de estar a solas con ella.

Aquella noche Camille y Marek bañaron a Noah, le pusieron el pijama y Camille se sentó para mecerlo hasta que se durmiera. Marek se sentó frente a ellos mientras las dos hermanas hablaban en voz baja. Examinó atentamente a Camille, maravillado por su belleza y por los cambios que había provocado en su vida. Nunca había considerado la posibilidad de volver a sentir algo por una mujer. Y aunque ella no fuese la mujer más apropiada para tener una relación estable, estando absorbida por su carrera, Marek ya estaba enamorado de ella hasta los huesos. Y quería estarlo.

Camille se levantó con el bebé dormido en brazos.

—Ya lo acuesto yo —se ofreció Ashley—. De todos modos, ya me iba a retirar. Buenas noches a los dos.

—¿Y bien? —preguntó Marek cuando se quedaron los dos solos— Ahora que has visto el rancho, ¿qué cosas te gustaría cambiar?

—Quiero que la habitación de Noah parezca el cuarto de un niño, y también necesito una sala de música. Aparte de eso, nada más. No quiero ponerme a cambiarlo todo.

—Como me has cambiado a mí —dijo él, acercándose para entrelazar los dedos en su pelo—. No soy el mismo que era cuando te conocí. Me siento muy feliz contigo, Camille.

Ella se inclinó para rozarle ligeramente con los labios, pero él la agarró por el pelo y la besó con intensidad. Cuando consiguió apartarse estaba sin aliento.

—Deberíamos seguir hablando de la decoración.

—Haz los cambios que quieras. No hay más que hablar. Esto es mucho más interesante… Llevo todo el día deseando tenerte para mí solo.

***

A la semana siguiente volvieron a Dallas y Camille se volcó por entero en los ensayos para la inminente representación de *La Traviata*.

Marek se quedó en Dallas, sorprendido por la cantidad de tiempo que Camille dedicaba a ensayar. Por la mañana se marchaba a la oficina dejándola con sus escalas y ejercicios y por la noche la encontraba de la misma manera. Durante el día la llamaba de vez en cuando. Con frecuencia eran conversaciones muy breves, entre sus clases de canto o de italiano. Camille también se entrenaba a diario y Marek aprovechaba para hacerlo con ella, a seis de la mañana, y así poder verla un poco. Por la tarde, a partir de las siete, era el único momento en que Camille estaba con Noah. Después de que todos se hubieran acostado se iba con Marek a la cama. Las dos primeras noches hicieron el amor, pero la tercera, después de hacerlo, Camille cayó rendida y Marek prefirió dejarla descansar. El jueves se fue al rancho para no molestarla ni distraerla, porque cada día estaba más inmersa en su trabajo.

Mientras estaba reparando una valla se dio cuenta de que se había detenido y estaba mirando a lo lejos, pensando en Camille. El corazón le latía con fuerza y apenas podía respirar. Se había enamorado de Camille cuando estaba convencido de que tal cosa jamás podría suceder. La había deseado, admirado, seducido, había reído con ella y compartido a Noah con ella, pero en ningún momento había esperado enamorarse de ella.

Por lo que le había contado estaba volviendo a

su rutina de siempre, lo que significaba que tendría mucho menos tiempo para él. ¿Sería el comienzo de un progresivo deterioro de la relación? No podía pedirle a Camille que abandonara su carrera y fuese la mujer de un ranchero, como tampoco él podía abandonar el rancho y volver a la ciudad para trabajar diariamente en una oficina. Habían acordado que él la acompañaría en algunos de sus viajes, pero no podría hacerlo siempre ni se imaginaba viviendo de una ciudad a otra. El problema era que no soportaba estar lejos de ella. Cada vez que se separaban la echaba terriblemente de menos.

Al pensar en estar con ella se daba cuenta de que era amor lo que sentía. Tal vez había empezado a enamorarse en su luna de miel, cuando Camille comenzó a superar las barreras que protegían su corazón sin que él se diera cuenta. O tal vez todo había empezado antes...

La amaba. Con toda su alma. Y la quería en su vida igual que a Noah. No se conformaría con verla brevemente entre sus clases de canto o entre viajes y actuaciones. Tanto odiaba separarse de ella que contempló la posibilidad de pedirle que renunciara a su carrera, pero ¿cómo podía exigirle un sacrificio semejante? Peor que no verla seria hacerle daño.

Ya había perdido a una mujer a la que amaba más que a sí mismo. ¿Volvería a sufrir un golpe demoledor del que tal vez no se recuperara?

El fin de semana regresó a Dallas. Ashley se había ido otra vez a casa y Camille había accedido a que Ginny se quedara con Noah el viernes y el sábado. El domingo por la noche estaría con su hijo y con Marek, antes de que él volviera al rancho. La apretada agenda de Camille y la separación temporal le hicieron pensar en el futuro. Cuantos más éxitos cosechase Camille en su carrera menos tiempo tendría para estar con él. ¿Cómo afectaría eso a su relación?

El último lunes de mayo se quedó en Dallas y le dijo a Camille que se iba a la oficina. Esperó a que abrieran los comercios y llamó a su joyero para hacerle un encargo.

Eran más de las seis cuando Camille terminó su rutina diaria. Se duchó y se vistió para la cena con unos pantalones negros y una camiseta negra sin mangas. Marek jugaba con Noah en la habitación que había sido habilitada como cuarto temporal para el niño hasta que acabaran las reformas. Sentado con las piernas cruzadas en el suelo, le hablaba a Noah mientras hacía palmaditas. El niño reía alborozado y batía las palmas imitándolo.

–¿Te diviertes? –preguntó Camille. Marek se levantó y le tendió a Noah.

–Ashley ya se ha marchado, y tengo algo para ti.

–Pues me temo que tendrá que esperar hasta que Noah se duerma.

–Esperaré impaciente.

Eran las nueve en punto cuando finalmente estuvieron a solas en su habitación. Marek la abrazó y a ella se le aceleró el corazón al mirarlo a los ojos.

–Llevo esperando este momento todo el día –le confesó él, y la besó sin darle tiempo a responder.

Cada vez que hacían el amor Marek se volvía más importante para ella. Le había declarado su amor en los momentos culminantes de placer, pero él nunca la había oído y ella no tenía intención de expresárselo abiertamente hasta que oyera una palabra de amor de sus labios.

Se dejó arrastrar por el torrente de pasión y le arañó la espalda a Marek cuando él la penetró lentamente, colmándola de un placer maravilloso.

–Te quiero –exclamó, incapaz de contenerse, convencida de que él no la oía.

Lo abrazó mientras él empujaba más y más rápido.

–Marek –se aferró a sus fuertes músculos como si fueran un salvavidas.

–Camille… –pronunció su nombre mientras el orgasmo lo sacudía de arriba abajo–. Te quiero.

Ella abrió los ojos y siguió moviéndose con él. ¿Se había imaginado su declaración de amor? Había soñado con aquellas palabras en incontables ocasiones, pero el éxtasis le impedía pensar y se unió a él por completo, física y emocionalmente.

Poco después, estando abrazados, con las piernas entrelazadas y los negros cabellos de Camille desparramados por el hombro de Marek, él le prodigó una lluvia de besos ligeros.

–Te quiero, Camille.

Camille creyó que se le detenía el corazón.

–¿Lo dices en serio? –le preguntó con un hilo de voz.

–Sí –la miró con expresión muy seria y le apartó el flequillo de la cara–. El amor puede crearnos muchas complicaciones.

–Al contrario. Yo también te quiero, y te he querido desde que pronunciamos los votos.

Marek la miró fijamente.

–¿Por qué no me lo dijiste?

–No estabas preparado para oírlo.

Él permaneció unos momentos en silencio.

–Ahora sí lo estoy –susurró, y la besó mientras la apretaba contra su pecho–. Espera –se giró para abrir el cajón de la mesilla–. Esto es para ti.

Camille miró sorprendida el paquete. Desató la cinta azul y retiró el envoltorio. Era un estuche de terciopelo negro. Lo abrió y ahogó un gemido al ver el collar de zafiro y diamante.

–Es precioso –murmuró, incorporándose y tirando de la sábana.

–No tanto como tú –dijo él, incorporándose para colocárselo alrededor del cuello.

–Gracias, Marek. Es la joya más bonita que me han regalado jamás, aparte del anillo de boda.

–Te quiero, Camille –volvió a decirle, besándola–. Podemos hacer que sea un matrimonio de verdad. ¿Has pensado en la posibilidad de dejar tu carrera?

Ella frunció el ceño.

–No, nunca. No quiero renunciar a todo lo que he conseguido y por lo que tanto he trabajado. No puedo hacerlo. Amo la ópera y siento que puedo llegar muy lejos, pero mi carrera no me hace amarte menos, ni tampoco a Noah.

Se miraron el uno al otro y Camille sintió un nudo en el pecho. No sabía lo que Marek estaba pensando.

–No sé qué nos deparará el futuro. Sé lo que tenemos ahora –dijo él con voz áspera, y la estrechó en sus brazos para hacerle el amor.

Se amaron hasta altas horas de la madrugada, y por la mañana Marek se marchó al rancho muy temprano para trabajar un poco y no distraer a Camille. Mientras ella se duchaba y vestía pensó en la imposible petición que le había hecho Marek y en la condición que se adivinaba en su declaración de amor. No sabía qué consecuencias tendría el rechazo de su exigencia, si Marek terminaría el matrimonio de conveniencia o si le dedicaría menos tiempo y atención. Pero, pasara lo que pasara, no podía darle la espalda a su carrera.

El sábado Marek tuvo que quedarse en el rancho por un incidente acaecido en un rancho vecino, donde un incendio había quemado el granero y dos camiones. Marek le prestó un camión al ranchero e intentó ayudar en todo lo que pudo, pero para cuando volvió al rancho, Camille le dijo que estaba agotada y que se iba a acostar temprano, por lo que decidió volar hasta Dallas al día siguiente.

El domingo Camille tuvo un ensayo y una prueba de vestuario imprevista. Eran más de las diez de la noche cuando finalmente quedó libre para tomar una cena fría con Marek.

***

El fin de semana fue demasiado corto, y durante la semana siguiente Marek estuvo meditando sobre las perspectivas de la vida matrimonial. No soportaba estar lejos de ella. La amaba y sabía que su amor no dejaría de crecer, hasta ser tan fuerte como los robles que crecían en su rancho.

¿Qué podría hacer para mantenerse unidos?

Una llamada telefónica de su hermana interrumpió sus pensamientos.

—Quería decirte que todos estamos deseando ir a ver a Camille. Es la primera vez que las niñas y yo vamos a la ópera, y creo que tú también. La noche del estreno nos quedaremos con Noah para que Ashley pueda asistir. ¿Va todo bien? —no le dio tiempo a responder—. Estás enamorado de ella, ¿verdad?

—Ginny, ¿puedes dejar de ser la hermana mayor unos minutos?

—Imposible —replicó ella—. Cuídate.

—Al menos no has dicho «ya te lo dije».

—No tengo nada más que decir sobre el tema, pero aquí me tienes por si quieres hablar.

—Gracias.

Amaba a Camille aunque corriera el riesgo de sufrir tanto como había sufrido con la muerte de Jillian.

Iría a la noche del estreno y apenas vería a Camille las dos semanas siguientes. ¿Qué clase de incentivo podía ofrecerle para pasar más tiempo con ella?

Lo que no podía hacer bajo ningún concepto era arrebatarle su momento de gloria.

Capítulo Diez

Al día siguiente por la noche Marek se sentó en el palco que había reservado Camille. También estaba la familia Avanole al completo.

El director salió al escenario y la orquesta comenzó a tocar, pero Marek solo pensaba en Camille y en cuándo podrían estar a solas.

Entonces Camille salió a escena y toda su atención se concentró en ella. Le había contado la historia, triste y fatídica con la muerte final de su personaje, pero cuando empezó a cantar, Marek se quedó hechizado. Nunca había estado en la misma habitación que ella mientras ensayaba, y la formidable voz que llenaba el teatro le provocó un escalofrío.

La voz de Camille impregnaba el aire con una pureza mágica y cristalina que atrapaba a Marek en una burbuja dorada para hacerlo ascender hasta los cielos.

Camille estaba hecha para cantar. Tenía un talento increíble y nadie podría ponerlo en duda, y en aquel momento Marek supo que jamás podría sacarla de los escenarios. El mundo entero merecía escuchar su voz. La ópera siempre sería su vida.

Una vez más había amado a una mujer, y una

vez más iba a perderla. Camille había capturado su corazón y él se lo había permitido.

Por primera vez en su vida había conocido a una mujer a la que no podía amar en sus propios términos.

El resto de la actuación la pasó en un estado de conmoción, desgarrado entre la fascinación que le provocaba y el dolor por tener que perderla.

Jamás podría apartarla de su destino.

Al término de la ópera se celebró una fiesta a la que también se invitó a las familias. Marek se mantuvo al margen para que Camille pudiera hablar con los demás. Estaba radiante y sonriente, y más hermosa que nunca.

Y Marek sentía un dolor cada vez más fuerte al ver lo que estaba perdiendo. No había la menor posibilidad de que Camille pudiera darle más que una pequeña fracción de su vida.

La familia de Camille se quedó con ellos, por lo que no estuvieron los dos solos hasta la una de la madrugada, cuando finalmente se retiraron a su habitación. Camille llevaba el pelo trenzado y recogido, con algunos mechones sueltos por detrás. Era increíblemente hermosa.

–Tienes una voz formidable –le dijo él–. Tu lugar está en el escenario, Camille. Y mí me has convertido en un fanático de la ópera.

–Me alegró mucho –lo abrazó y lo besó en los labios.

El deseo lo hacía enloquecer. Necesitaba sus besos y su amor. Sabía que tarde o temprano la perdería, pero aquella noche la tenía en sus brazos, exultante por la exitosa actuación. Querría tenerla así para siempre, y aunque solo fuera por unas horas, se aferraría a aquel sueño imposible.

Más tarde, estando tendidos en la cama, Camille estuvo charlando animadamente hasta que se apoyó en el codo para mirarlo.

–¿Por qué estás tan callado?

Marek tardó unos segundos en contestar.

–Vas a ser una estrella, y eso te llevará muy lejos de aquí.

–Siempre podré volver a casa.

–Sí, pero continuamente tendrás actuaciones por todo el mundo.

–Eso no debería suponerte ningún problema, y así tendrías más tiempo para estar con Noah. En cualquier caso, no son más que especulaciones. Aún tengo que recorrer un largo camino hasta convertirme en una estrella.

–Tengo el presentimiento de que será antes de lo que crees.

–Espero que tengas razón. Estoy muy contenta de que te haya gustado la ópera.

La actuación de Camille en *La Traviata* había sido un éxito rotundo y era hora de ir a Santa Fe. Sentada a bordo del avión privado de Marek, lo miró y pensó en lo mucho que había cambiado aquellos últimos días. Había vuelto a encerrarse en sí mismo y Camille no sabía cuál era el motivo.

–¿Por qué me miras de ese modo? –le preguntó él de repente.

A Camille se le cubrieron de rubor las mejillas.

–Has cambiado y no me imagino por qué. ¿Te preocupa algo?

–Negocios –respondió él secamente.

Camille no lo creyó. Nunca había visto a Marek preocupado por el trabajo ni por el rancho. Era Jess quien cargaba con esos problemas.

Optó, sin embargo, por aparcar el tema hasta que estuvieran a solas. Tenían que buscar casa en Santa Fe y después ella se marcharía de Dallas. ¿Sería tal vez el traslado lo que inquietaba a Marek?

Fuera lo que fuera, se maravilló con la eficiencia y rapidez que demostró Marek cuando llegaron a Santa Fe y en la posterior mudanza. Camille tenía que preparar otra actuación y acordaron que Noah se quedaría con ella en Santa Fe y que él volvería al rancho hasta la noche del estreno.

Al despedirse en el aeropuerto de Nuevo México, él la abrazó con fuerza y la besó hasta dejarla sin aliento. Pero entonces la soltó bruscamente y la recorrió con la mirada como si quisiera memorizar sus rasgos.

–Será mejor que me vaya –murmuró, y se dio la vuelta para dirigirse hacia el avión.

En el rancho, Marek se volcó por entero en cualquier trabajo físico desde el alba hasta el anochecer. No soportaba estar solo en la casa porque sus pensamientos volvían una y otra vez a Camille. La echaba de menos, y también a Noah. Todos los días hablaba con ella por Skype, pero Camille apenas podía dedicarle tiempo porque debía ensayar el papel de Pamina en *La flauta mágica*. Y Marek sufría cada vez más por la separación. En vez de acostumbrarse a estar lejos de ella, necesitaba desesperadamente tenerlos a ella y a Noah en su vida.

La última semana de agosto tuvo que ir a Dallas para una reunión de la Fundación Rangel. Ginny le había pedido que comieran juntos y le habló con entusiasmo de sus niñas.

–Hace mucho que no las veo –dijo él–. ¿Por qué no las llevas al rancho este fin de semana?

–Lo haré –respondió Ginny, observando el plato casi intacto de Marek–. Echas de menos a Camille, ¿verdad?

–A Camille y a Noah –la miró fijamente–. ¿Quieres que te diga que tenías razón?

–No. No quiero verte así. Has perdido peso y parece que llevas semanas sin dormir. Quizá deberías verla más.

Marek sacudió la cabeza.

–No quiero distraerla mientras está ensayando.

–Lo entiendo, pero no puedes seguir así.

–Lo sé, Ginny –desvió la mirada y su hermana dejó el tema.

Marek se pasó toda la reunión pensando en el futuro. Y cuando volvió al rancho, el único refugio de su vida, le pareció un lugar triste y vacío.

Aquella noche Jess se presentó en la puerta trasera con unas cervezas frías.

–¿Quieres compañía?

Marek esbozó una ligera sonrisa.

–Me vendrá bien… y también las cervezas.

Unos minutos después, estaban sentados a la mesa de la cocina, bebiendo en silencio.

–Camille está hecha para la ópera –dijo Marek–. Tiene el talento de una estrella y no puedo impedir que lo aproveche.

Jess siguió en silencio. Marek pasó el dedo por la botella.

–Puede que haya estado buscando lo que tuve con Jillian, pero Camille es distinta. No puedo pretender que me dé lo que esperaba con Jillian. Tiene un talento increíble para la ópera y yo voy a tener que conformarme con una pequeña parte de su vida, algo a lo que no estoy acostumbrado.

–Si la quieres, y eso es lo que importa, me parece una buena decisión –dijo Jess–. Yo daría lo que fuera por tener una pequeña parte de mi familia.

–Tienes razón, Jess. Supongo que me siento así porque no estoy acostumbrado a ser yo quien se comprometa. Por Camille, en cambio, estoy dispuesto a hacer lo que sea para que nuestro matrimonio funcione.

–Harás lo que debas hacer. Y también ella. No vas a perder a Noah. ¿Qué niño no querría venir al rancho?

–Unos cuantos, sobre todo uno que se críe entre bastidores –en ese momento le sonó el teléfono–. Es ella, Jess.

–Responde. Yo ya me voy a casa. Guarda las cervezas para la próxima ocasión.

A Marek le latía frenéticamente el corazón al responder la llamada.

Después de hablar con Marek más de una hora, Camille se acostó y pensó en su futuro. Amaba a Marek y una vida sin él se le antojaba insoportablemente vacía, pero ¿qué quería realmente? Él le había sugerido que renunciara a su carrera, algo que ella no podía hacer.

¿Qué anhelaba para el futuro? Siendo la mujer de Marek ya no tenía que preocuparse por el dinero. ¿Quería cantar por el placer de hacerlo o por el éxito? Era una ocupación extremadamente exigente: clases de canto y de idiomas, ensayos diarios, estudios de óperas y arias, entrenamiento físico, y además tenía que pensar en Noah.

Quería que Noah estuviera en su vida y en la de Marek. Quería tener más hijos. Y quería triunfar en La Scala de Milán para convertirse en una verdadera estrella de la ópera.

Las lágrimas afluyeron a sus ojos y enterró la cara en la almohada para llorar en silencio. Lo quería todo. Lo mejor de ambos mundos. A Marek, a su hijo y su carrera. ¿Qué estaba dispuesta a sacrificar?

Tenía que decidir por sí misma.

Y así lo hizo. Después de pensarlo durante varios días, llamó a Marek y le comunicó que volvería a Dallas antes de tiempo para hablar con él.

Marek la recogió en el aeropuerto y llevaron a Noah a casa de Ginny antes de ir a su casa de Dallas. Una vez allí, le puso las manos en la cintura y la miró de arriba abajo. Camille estaba espectacular con un vestido negro y ceñido que le llegaba hasta las rodillas.

—No te imaginas cuánto te he echado de menos —le dijo mientras la besaba apasionadamente.

Minutos después, ella se echó hacia atrás y le sujetó el rostro con las manos.

—Últimamente no parecías muy feliz, pero no quería hablar de ello por teléfono. Quería esperar a que estuviéramos juntos.

—Ahora que te tengo en mis brazos me siento el hombre más feliz del mundo —susurró él, besándole el cuello.

—Marek, escúchame un momento —le pidió ella, y él levantó la cabeza para mirarla—. Hace tiempo me pediste que abandonara mi carrera y yo te dije que no podía hacerlo. Desde entonces las cosas no han sido iguales entre nosotros.

—He tenido mucho tiempo para pensarlo. Estás destinada a convertirte en una estrella de la ópera, pero yo te amo y estoy dispuesto a conformarme con el tiempo que puedas ofrecerme.

—¿Lo dices en serio? —le preguntó ella con los ojos muy abiertos.

—Totalmente. Incluso si es muy poco tiempo. Te quiero y te necesito en mi vida, y necesito saber que tú también me quieres.

Ella sonrió con un brillo de felicidad en sus azules ojos y volvió a besarlo.

—Me emociona que estés dispuesto a hacer un sacrificio tan grande por mí.

—No sabes cuánto te quiero —dijo él, ardiendo de deseo.

–Marek, mientras estuvimos separados pensé en lo que quiero hacer. Tú crees que me debería dedicar por entero a la ópera, pero no soy la única cantante con talento, ni muchísimo menos. También soy tu mujer y ya no necesito ganar dinero. Antes mi familia me necesitaba para salir adelante, y yo dependía exclusivamente de mi voz para ayudarlos. Sigo queriendo triunfar en la ópera.

–Y así será –le aseguró él, aspirando su fragancia y sintiendo su esbelta cintura bajo las manos.

–Pero también quiero el amor del hombre al que amo –declaró con voz ronca y lágrimas en los ojos–. Quiero que Noah tenga una familia, y yo también quiero tenerla.

–Y yo quiero dártelo todo –respondió Marek–. Todo lo que te haga feliz.

–Te quiero –le dijo ella, mirándolo muy seria–. Esto es lo que he pensado –su voz se fortaleció y le tocó el pecho con el dedo, como si necesitara toda su atención–. Dame tres años. Ahora tengo veinticinco y quiero dedicarme profesionalmente a la ópera hasta los veintiocho, con todos los inconvenientes y separaciones que suponga. Después, me retiraré. Noah seguirá en la guardería y aún no será demasiado mayor para tener hermanitos.

–En tres años…

–No me interrumpas. Lo he pensado detenidamente y quiero dejarlo dentro de tres años. No quiero estar cantando toda mi vida. Quiero estar con mi familia y no voy a renunciar a ella solo porque tú te hayas quedado alucinado con mi talento y creas que deba dedicarme exclusivamente a mi carrera. ¿Podrás darme tres años a cambio del resto de mi vida?

Marek la miró anonadado, sin poder creerse lo que acababa de oír.

–Por el amor de Dios, Marek. Te quiero –exclamó, y se puso de puntillas para besarlo.

La resistencia de Marek se disolvió y la abrazó con fuerza para abandonarse al deseo que llevaba creciendo en su interior desde que vio su actuación. Fue como si se hubiera resquebrajado el dique que contenía sus emociones y un torrente de amor, deseo y felicidad lo arrastrara con una fuerza incontenible.

Le bajó la cremallera del vestido y se quitó la camisa sin preocuparse de desabrocharla, haciendo saltar los botones mientras ella dejaba caer el vestido a sus pies. La levantó en brazos y ella lo rodeó con sus piernas. Era ligera y ardiente, como una pluma de fuego que barría el dolor y la amargura.

Le hizo el amor como nunca, sin soltarla, y cuando finalmente alcanzaron el orgasmo, la volvió a dejar en el suelo y ella levantó la mirada.

–Creo que ya me has dado la respuesta, ¿no?

Aquella noche volvieron a hacer el amor en la cama, y al acabar él la abrazó y le acarició los largos mechones negros.

–Lo haremos como tú dices. Aunque es posible que cambies de opinión en tres años.

–No. Para mí lo más importante sois tú y Noah.

Puedo seguir con mis clases de canto y cantar en recintos pequeños una vez al año o algo así. Ya veremos, pero de lo que estoy segura es que no continuaré de por vida con una carrera tan exigente.

–Para bien o para mal, estoy de acuerdo con tu plan.

Ella sonrió y lo besó en la mejilla.

–Si consigo triunfar en el Metropolitan y en La Scala en menos de tres años, tal vez podamos adelantar los plazos…

La risa de Marek retumbó en su pecho.

–Espera un momento –se giró para abrir el cajón de la mesilla y agarró la mano derecha de Camille–. Tú me has devuelto a la vida, Camille. Me has dado a Noah y me has dado tu amor. El anillo de boda tan solo simbolizaba un acuerdo. Este anillo simboliza mi amor.

Le dejó un pequeño paquete en el regazo con una mirada llena de afecto y adoración. Camille lo abrió con el corazón desbocado y se encontró con un increíble anillo de diamantes.

–Es precioso… –murmuró con voz ahogada, echándole los brazos al cuello–. Gracias, Marek.

–Haré todo que esté en mi mano para que siempre seas feliz conmigo –le prometió él con una sonrisa.

–¿Incluso venir a Budapest conmigo?

–Lo que sea. Por ti y por Noah.

A Camille se le llenaron los ojos de lágrimas y lo besó con todo su corazón. El amor de Marek y la familia que formaban todos juntos eran lo más maravilloso que podría tener jamás.

Deseo

UN BROTE DE ESPERANZA

KATE HARDY

Alex Richardson era el típico mujeriego al que solo le interesaban las relaciones pasajeras con mujeres despampanantes, por eso su amiga Isobel se quedó de piedra cuando le propuso matrimonio. ¿Qué podía ver en ella, bajita y aburrida, un hombre que no creía en el amor pero a quien Isobel amaba en secreto?

Alex necesitaba una esposa para conseguir un trabajo, e Isobel era la candidata ideal.

Ella albergaba serias dudas sobre su disparatado plan, hasta que Alex le dio a probar una muestra de lo que podría ser su noche de bodas.

¿Podría resistirse a la propuesta?

¡YA EN TU PUNTO DE VENTA!

Bianca

El sultán siempre conseguía lo que quería

Catrin Thomas era una chica normal de un pueblo de Gales que se vio envuelta en una tórrida aventura amorosa con el sexy Murat, un sultán del desierto. Cuando descubrió que en su país natal le estaban preparando ya a unas cuantas jóvenes vírgenes para que eligiera a su futura esposa, Catrin decidió cortar su relación.

Murat no estaba acostumbrado a que nadie lo desafiara y no iba a dejar que Catrin se fuera.

Pero descubrió que Catrin no era tan dulce ni tan dócil como se había mostrado durante su relación. ¡Era una mujer formidable! Además de inteligente, luchadora y muy tentadora…

Seducida por el sultán

Sharon Kendrick

UN AUTÉNTICO TEXANO

MARY LYNN BAXTER

Grant Wilcox estaba acostumbrado a conseguir todo lo que quería, y lo que ahora deseaba era a Kelly Baker, la bella desconocida recién llegada a la ciudad. Y tuvo la suerte de que aquella hermosa mujer fuera, además de preciosa, una excelente abogada capaz de sacar de una situación complicada a un buen empresario como él.

La relación que debía ser exclusivamente profesional no tardó en convertirse en una apasionada aventura. Y Grant comenzó a preguntarse si la llegada de Kelly a su vida no iría a causarle excesivos problemas.

Él era indomable y, ella,
toda una fuente de problemas

¡YA EN TU PUNTO DE VENTA!